孩子，我和你們同一國

楊傳峰 著

推薦序一

SUPER POWER 教師　王政忠

未竟之渡

看傳峰老師的故事，像看見另一個自己。他和我一樣有窘迫而辛苦的童年，都爲了無以爲繼的一餐又一餐在生活裡被追逐著；和我一樣因爲一個又一個的老師，用不盡相同的方式帶領著、啓發著或者影響著，給了我們繼續努力向前的勇氣與希望。

與我不同的是，我早早地堅定了想要成爲老師的初衷，而傳峰老師繞了一大圈，才終於意識到成爲老師，是讓他生命這麼快樂的事。對他而言，這樣的快樂必須是成爲一個「不一樣」的老師，才能達到的境界。

這些「不一樣」的教學方式，裡面有所有陪伴他走過一路貧瘠的老師身影，這些老師沒有問孩子來自什麼樣的環境、什麼樣的家庭，就給了一個孩子應該得到的對待，甚至在知道了孩子的遭遇之後，還給了更多更多。這正是每一個「不一樣」的老師之所以不一樣的原因。

從我的眼睛看，傳峰老師有幾個特別吸引我的不同之處。

一直跟學生在一起，是傳峰老師第一個不一樣的地方。

他陪著孩子丟鞋子，宣洩他們在生活中不可避免的壓力與挫折；他陪著孩子上網咖，體會他們在缺乏成就與溫暖的背後，極度需要被認同的歸屬；他陪著蹺課的孩子接受處罰，引領他們學習爲自己的決定負責任；他陪著孩子在舞台上搖擺，凝聚班級中每一個成員對於團體的認同；他陪著孩子在校園裡跨年，傾聽他們對於未來、對於夢想的不可預期和強烈渴望。

或者，很多時候，傳峰老師和孩子的相處，沒有上述那些有意義的動機，他單純就只是陪著，陪著他的孩子瘋狂，陪著他們狂飆，陪著他們哭，陪著他們笑，陪著他們生氣憤怒，一同歡喜和憂傷。

這樣的陪伴，對於在青春歲月中踽踽獨行的孩子而言，是多麼珍貴而難得。

跟孩子一起犯錯，是傳峰老師第二個不一樣的地方。

從學生角度看事情，就必須承擔一起犯錯的風險，但是傳峰老師願意，因爲他深信孩子就是來學校學習的。許多大人都在成年了之後害怕犯錯，老師更是極度不能接受自己會犯錯的一個族群，那是因爲我們在成長的過程中，一直被教育著要如何避免犯錯，最好是在犯錯之前，就能做好一切準備，讓錯誤不會發生——或者，不准發生。

於是，當必然的錯誤在成年之後必然地發生了，我們便手足無措地慌了手腳，或者武裝自己，或者構思藉口，或者轉移焦點，或者鴕鳥躲避，惡劣者，甚或轉嫁他人。

因爲我們從來沒有被教會，如何處理錯誤的發生。

但傳峰老師願意和他的孩子們一起犯錯，然後在無可避免的錯誤發生後，學習如何面對，如何處理，如何彌補，然後從中學習開發錯誤的價值。

傳峰老師還有很多「不一樣」，諸如：他認同並支持孩子有不一樣的多元人生、他不過分稱讚聰明的孩子……

你可以在這本書裡看見，這些不一樣從何而來，在他一路走來·看似無關緊要的風花雪月裡，隱隱幽幽，卻影響巨大的，不只影響著他面對的孩子，也帶領著他成爲一個越來越不一樣的老師。

我像看見自己一樣，看見傳峰老師在教學現場摸索的身影。書裡有這樣的一段話：「在教學這條路上，開始時只能以曾經教過我的老師和打工經驗爲胚土，然後慢慢捏、慢慢塑形。」

太多辛苦的老師必須在教育這條路上自己摸索，我們師培教育一直距離教學的眞實現場太遠。我不想討論如何改善制度，因爲那太遙不可及，我只想對所有在教育現場默默耕耘的教師伙伴們說：「辛苦了！而且，我們似乎要繼續辛苦很久。」

但幸好我們可以有這樣的一本書——傳峰老師的故事，讓我們或許有了大大小小的鵝卵石藉以過河，藉以涉過這未竟之渡。

推薦序二

大林國中校長　林基春

山水有情　教育無私

我在大二與大三的暑假就到了大埔工讀，我喜歡那裡的好山好水好人情，當時參加的是救國團辦的暑期大專工程服務隊，離開時我對當地的朋友說：「也許我師範生分發就會到這裡。」果不期然，歷經一番波折，我眞的分發到大埔國中。

到偏鄉才知道師資難求，因爲老師嚴重不足，所以在我當兵尙未退伍之前，就必須先回去做主任交接，開始我黑臉教導的生涯，也開啓一段好山好水的奇妙緣分，那一年正好是傳峰進入大埔國中就讀的時候。

山上的孩子是特別弱勢的一群，還好有一群志同道合的年輕教師，共同爲孩子的將來而努力。老師們不計較付出，學生感受深刻，師生一同歡笑，就如同一個大家庭。傳峰的過去，雖然迭遭逆境磨難，但他甚少悲情自憐，而多了刻苦自勵。從他書中，我明白了當時老師給他的鼓勵，有了無法衡量的價值。這正是師道尊崇的眞實體現，相較於現在的教育氛圍，這種傳承彌足珍貴。

「如果缺錢，記得跟老師說，老師有。」多簡單卻令人動容的一句話，孩子知道有人和他同一國，守護著他。一句話眞的影響了學生一輩子，這値得我們教育工作者深思。傳峰說：「我沒跟老師拿過錢，但永遠記得這個舉動背後的情義，每當意志消沉時，我就會把這段往事拿出來擦拭。老師的話成爲囑咐，甚至是一道命令，讓我不敢輕言放棄。」我確信，青出於藍更勝於藍，傳峰正在另一個偏鄉，締造更多的傳奇。

透過書中娓娓道來，很多美好的往事又浮現我眼前，那時老師們都是集體家訪，騎機車過吊橋到茶山、新美，坐船橫渡曾文水庫到埔頂，還有傳峰的老家坪林。我們所到之處都受到家長熱情款待，倒不記得學生或家長有什麼抱怨。不畏艱難的成長經驗，成了傳峰茁壯的養分，培養出堅毅的性格與寬厚包容的同理心。當他升高中後離開，老師們因家庭因素漸漸調離大埔，但故事出乎意料的延續著……

有些記憶會隨著年紀淡忘，但有些卻因爲時光而更加鮮活，特別是年輕熱血的記憶。記憶中的傳峰，始終陽光，充滿創意，甚至有點搞笑。當我回到大埔國中，看見傳峰回到這裡當實習老師，心裡非常高興，知道他通過彰化教師甄試，成爲一位眞正的老師時，更是高興，因爲教育界又多了一個人才。在我參加校長甄試的口試時，甄試委員問我：「你擔任教師感到最大的成就是什麼？」我腦海裡浮現傳峰的身影，然後我毫不遲疑地回答：「我在大埔的孩子，現在也擔任國中老師，我覺得有學生傳承是老師最大的驕傲！」

偏鄉的孩子更需要熱情的教師投入，傳峰現在所做的事，一定會改變很多孩子的命運，即使老師不是神，但我始終相信老師可以是學生一輩子最重要的貴人，教育也是改變學生命運最直接的方式，因此，教育工作是一種最高貴的修行。

不凡的歷練造就不凡的老師，傳峰的優異表現，其來有自，在學生時代的打工生涯，即可看到他對教育現象的深刻思考及批判。從本書中亦可以看到他思路敏捷，處理學生問題的「手段」靈活，教導學生的方法另類卻不失教育的核心價值與目標。遇到難纏的家長可以溫和，但卻堅持爲所當爲。對一錯再錯的學生，寧願相信人性本善而絕不放棄，願意等待他長大。熟悉學生的次文化，善用教師的專業經驗說故事，贏得認同甚至崇拜，是輔導學生的另一項利器，傳峰也善用了這不可多得的優勢。這除了他本身天性聰穎活潑，還有他鍥而不捨地努力，另外加上他自學生時代就不受拘束的自由心靈，自然而然地走進學生的世界。他親和力的展現，讓校園氣氛更爲和諧，這是現今學務處教師可參考的方向，SUPER教師及師鐸獎的榮耀，對傳峰而言實至名歸。

面對紛亂的教育現場及學生愈來愈多元的問題，相信這本書會是我們教育人員極具參考價值的一本書，藉由書中的故事或案例，也能讓各位老師再次檢視，我們在教育路上，是否仍一本初衷，走在應該走的路上？從書中的分享可以看到，雲淡風清的記憶，充滿深刻的人文關懷，這不就是人生！至於傳峰，我想如此形容他：在害怕中繼續前進才是眞勇敢，在磨難中還能保持微笑才是眞陽光。

作者序

我來自嘉義縣大埔鄉坪林，這是一個寧靜的小村落，家家務農，最重要的產業是麻竹筍，農忙期間家家戶戶胼手胝足，人跟人的關係很親近，跟自然更是密不可分。麻竹筍採收期大概是在暑假，所以我的暑假跟其他人不同，都住在臨時搭建的筍寮，一旁潺潺的溪流是我們的水，柴油則是我們的電，生活所需都在這片泥土，以前的我天眞地以爲只要有根扁擔就不會餓肚子。

我這樣一個深山的孩子，原本只在小小的世界生活，感謝求學過程中遇到的老師，他們給了我鑰匙，打開我的靈魂之窗，讓我知道世界這麼寬廣，而世界中也有許多跟我家鄉一樣的角落。

看見通往世界的路，我也愛上旅行，而且偏好自由的方式，希望透過和異國人的對話，深入感受不同地域的人文面貌。我是很好的傾聽者，即便是一個下午的蟬鳴也如此美好，我總是在旅途中隨性的找一處樹蔭，然後安心傾聽一地的故事。我能只帶一張地圖就出門，路上遇到的任何人事，都是行程的一部分，包括失望和沮喪。

成爲老師也是一趟旅行，這趟旅程同樣沒有固定的方向和目標，因爲孩子有不同的天分，我是傾聽者，聽他們唱歌、說故事，看他們跑步、跳舞，甚至是大啖雞腿的表情。這些畫面似曾相似，只是已經過了二十幾年，那個深山的孩子，變成了一群孩子的老師。

我把學生當成朋友，和他們一起打球、聊天、成長，我知道他們還小，一定會犯錯，也需要嘗試，我恰好可以提供機會，在他們跌倒時幫忙整衣斂容、拂去灰塵、遞上面紙。不過我的角色不能這麼單純，有時必須刻意宣讀安全守則，喝令他們不准外出，但一轉身卻默默地爲他們的包袱塞進口糧。我身上有把傘，風雨來時我總是盡量把傘撐大，讓大伙兒可以擠在一塊兒，雖然我會淋濕，但我知道這種「和孩子同在」的感受，是以後品茶的一碟碟小菜。風雨時，我們一起走；晴空下，我看著他們盡情奔跑，我們總是緊緊相繫。

不是我選擇和學生「同一國」，而是成為一位老師本來就跟學生「同一國」。

和孩子一起做有趣的事，會讓人意猶未盡，即便是面對冥頑不靈的小鬼，也像在和自己對峙，那個懵懂、愛現、特立獨行、想追求眞相的少年，其實就是我，我像是回到過去撿拾拼圖的時空旅人，爲了某些隱藏未解的疑問，需要突破險境，甚至遭遇惡龍也在所不辭，因爲這也是我人生的一部份。

「教育不是一件工作，她是形塑生命樣貌的歷程。」這是我一直很喜歡的一句話。

我並不熱血，但我絕對眞誠，不管擔任導師還是學務主任，都眞誠地希望能做些什麼，眞誠地希望回應孩子的純眞，眞誠地希望當孩子的朋友。

孩子們是該慶幸有我這麼一個大朋友，因爲我功能齊備，聊天可以，輔導也行，觀落陰也不成問題，能幫他們解決各種疑難雜症。我也樂得當一大群人的朋友，隨手一招就有人可以陪。

幾年前，我的生命多了一個重要的朋友——阿牛，我的兒子。每晚說完床頭故事以後，我習慣親他的額頭，祝福他平安、健康，此時赫然明白，那一個個在講台下的孩子，額頭上也有一個深深的吻。**是的！每一個學生都是別人深愛的孩子**，因此我更願意站在孩子的角度去看世界。我希望我的阿牛快樂，我也一樣希望自己可以帶領學生這麼快樂。

不管角色怎麼變，我願意繼續當最初的楊老師，我的袖子一直都是挽起的，隨時可以爲孩子奮戰，孩子！我和你們同一國，即便是準備一起失敗也好，因爲那也是我們激迸出來的浪花。

目錄

做不一樣的老師

無法忘記的你

春風依舊

如果你問我，
為什麼成為一位老師，又如此深愛這份工作，
不，應該說是這樣的生活。

我無法用簡單的幾句話回答你。
或許，那個從深山而來的孩子，可以帶領你找到蛛絲馬跡。

我深深記得那些風景、那些人，
那些無悔的堅毅和溫柔。

深山來的孩子

我從小就看著那個堅強的身影，
於是，從深山來的孩子，即使被老師責備骯髒、即使總交不出錢，
還是能在漏水的家裡，自尋歡樂。

小時候阿公、阿嬤常教我，如果走失了要跟人家說自己住在嘉義縣大埔鄉大茅埔的坪林，到現在我還是喜歡向人介紹老家在坪林，即便得再加上「在曾文水庫旁」或者「那瑪夏鄉的對面」，人家才會「哦——」的一聲表示理解，因爲坪林實在「太深山」了！高中、大學同學聽我說小時候的趣事，還以爲我是原住民。

我們家的山林很多是跟原住民朋友一起開墾的，小時候經常有那瑪夏鄉來的訪客到家裡喝酒，那時我們家算是坪林的望族，常常很熱鬧，但一切榮景隨著阿公去世開始轉折，分家之後，大家各自奮鬥。

我爸這一房比較弱勢，這是老天爺跟他開了個玩笑，阿嬤說他曾經生了一場重病，當時已經被丟在房間角落，任憑死神發落，沒想到幾天後他竟然痊癒。二叔曾經說：「這

一病，我印象中很聰明、很機靈的大哥不見了。」從我有記憶以來，大家都說老爸很「老實」、「條直」，但是他沒辦法像一般的家族長子肩負任務。

我的老媽因爲坎坷的身世，拎著兩只皮箱嫁到深山來。在她國小三年級時我的外婆過世，她開始背負照顧弟妹的責任，到處打零工供弟妹讀書，我外公再娶的妻子常常苛待他們。老媽回憶說：「我們只能吃剩菜剩飯，甚至是長蛆的吳郭魚。」老媽嫁給老爸是因爲一筆錢，這筆錢足夠讓她買一棟房子安家，但也讓她的人生走進碎石子路。最後，房子還是被外公賣掉了。

婚後，卑微的出身令老媽在妯娌間抬不起頭，那「兩只皮箱」經常成爲笑柄，再加上一些剪不斷理還亂的家族糾紛，最後她決定舉家搬到嘉義。要搬出來前她一直哄我們三兄弟說：「臭豆腐很好吃，我們一起到嘉義吃。」

到嘉義後，我臭豆腐還沒吃到，就看到老媽在廚房把租金交給房東，那依依不捨的樣貌使她瞬間老了好多歲。她跟房東求情似的說了很多，我沒聽清楚對話，只是專注地看著幾乎不透光的廚房，聽著水龍頭滴滴答答的聲音滴落，很想去拴緊，卻又希望它吵鬧些，讓我可以不那麼清楚地聽見「只剩一千五百元」、「明天要去找工作」、「要買腳踏車」

之類的討論。

滴滴答答……滴滴答答……

我們住的地方只要下大雨就漏水，小時候不懂事倒也樂在其中。老爸老媽不在時，我們三兄弟就成了大力水手，一起對付黃澄澄的汙水，如果雨大，我們會集中火力對付客廳的惡客，房間只能交給鍋子、臉盆、碗公保護了。我很喜歡這些叮叮咚咚的聲音，那像是一場奇妙的音樂會，在容器就位之後拉開序幕，由天空降下來的天使彈奏，將奏成什麼樂章則由老天爺決定，雨天時淹水的家成爲我的遊樂場。

家裡的神明桌就是餐桌，吃完飯之後就是書桌，我的作業本、課本因此有擦不掉的油漬。老師總是責備我不愛乾淨，衣服、褲子都髒髒的，連作業本也是，他常常抓著作業本在面前抖，彷彿這樣就可以把汙漬抖掉。

我不想再被罵髒，後來趴在床上寫字，但床不夠硬，而且堆積太多雜物，我只能胡亂撥個空間寫。如此一來作業本沒有油漬了，可是卻折得亂七八糟，老師一樣拿著作業本抖，好像這麼一抖書皮就可以平整些了。

在三餐只能勉強餬口的日子裡，要零用錢只能自己去「撿」，我常穿梭在大街小巷撿些紙箱、寶特瓶賣給鄰居阿婆。另一個「撿」的方式就比較沒公德心了，有一日天還沒亮，我跟哥哥就醒來，兩人相偕到巷子口下象棋——那裡是老人休憩的場所，白天很多人下象棋——無意中撿到七、八十元！食髓知味後，我跟大哥經常到那裡撿零用錢。

在那樣的經濟情況下，儲蓄對我來說是不可能的，我有一個撲滿，擺了兩年還存不到錢，我眞希望送我撲滿的人，乾脆把買撲滿的錢送我。

每次學校要交額外的錢，總是讓我膽戰心驚，那時最怕老師說：「還沒交的站起來。」我很羨慕那些站得理直氣壯的同學，因爲他們會回答：「老師，我忘了帶，明天交。」同樣的台詞，我一講完就心虛地低下頭。那時不管什麼樣的眼神投射過來，都讓我渾身是傷，即便是來自隔壁同學的憐憫，也讓人不敢領教，我感覺自己好像被扒光衣服遊街似的，一點點風吹草動就足以割傷我。

回家後，我極不願意地跟老媽提起交錢的事，她帶著我去敲房東的門，那天房東家門前留了一盞燈，只夠照亮老媽的半張臉孔，其餘的半張臉好像丟在地上，被她自己踩著，也被我踩著。

出來應門的房東一看到我們就知道來意，他對著老媽說：「你們要努力一點，不要連小孩讀書的錢都沒有。」說著說著也是滿臉愁容，這個愁容不知道是期許老媽，還是因為我們上門借錢？

房東頭搖了半天頭才問：「要借多少？」那個「借」字特地加重，壓得老媽不敢說出真實數字，只能小聲地講個七七八八的數。

他拿了錢出來，特地在老媽面前數了一次，然後叮嚀：「借現金可是要算利息的！」好像在跟老媽說明他的善心，又像在交代別太常來借。我無法揣測房東真正的想法，只知道老媽握著我的手，從頭到尾沒有放鬆，我差點跟她喊痛了……

雖然家境清苦，但老媽從不怨天尤人，總能堅強地面對困境，盡量滿足我們兄弟，不讓我們輸人家太多，她說：「我們很辛苦，所以你們要更努力一點，不要像我這麼沒用！」但是憑老媽一個月七八千塊的薪水，我們不敢奢望像其他小孩一樣，有台任天堂。

有一天老媽送我上學，道別後，她牽著腳踏車穿過學校的後門，我望著她佝僂的身影，那台腳踏車對她來說太重，但前方的路卻太崎嶇，她完全不是對手。她繼續向前走，一步一步，好像沒有什麼是她可以打倒的，卻也沒有什麼可以打倒她。

老媽就這樣飄飄搖搖地上班、回家，又上班、回家，用這樣來來回回的青春分期付款，換來家裡的彩色電視、洗衣機、冰箱，換來我們一家人的溫飽。

阿嬤，我可不可以留下來？

三合院有種無法拒絕的慈祥，埕像撫慰人的懷抱，她會將走進來的人抱住。深山的那個家，桌上總有溫溫熱熱的四菜一湯，兩副平平靜靜的碗筷。

在我國小五年級的時候，阿嬤到嘉義探望我們一家人，她看到我們的飯菜後不停地搖頭，並指著我對老媽說：「你看！這個囝仔面色青損損！我帶回去一個月！」她的口氣裡沒有商量的餘地。

「讀書怎麼辦？」老媽好不容易擠出一句。

「坪林可以寄讀。」阿嬤接著說。

就這樣，我回到了坪林，加入了超級阿嬤的生活。

坪林是我的故鄉，但畢竟已經離開四、五年了，同學看到我也覺得新鮮，在這樣的偏鄉學校，向來只有同學轉出，很少轉入的。

我跟阿嬤一起住，有種從來沒有感受過的庇護感，這是我的「家」沒有的，雖然我努力地告訴自己「我的家在嘉義，那裡有老媽、老爸、哥哥和弟弟，只是上山來住一個月」，但三合院有種無法拒絕的慈祥，埕像撫慰人的懷抱，她會將走進來的人抱住，而且不管人在村落哪兒，遠遠的就可以看到煙囪施放的「狼煙」，催促我盡快放下事情趕回家去，在那個家，桌上總有溫溫熱熱的四菜一湯，兩副平平靜靜的碗筷。

有一天，我凌晨四點多起床，聽到廚房裡傳出鏗鏗鏘鏘的聲音，阿嬤一看到我就問：「肚子餓了嗎？」我點點頭，安靜地在外頭等著，像在等一則床頭故事，而明亮的廚房點亮我的童年世界。

「來，這碗給你。緊吃，豬油麵線。」阿嬤叼著菸。

「好香！沒吃過這麼好吃的麵！」我轉頭跟阿嬤說。

我端著碗筷，坐在門口埕邊，彷彿坐在夜的渡口，看著岸畔緩緩飄著水的波紋。東方將白，灶坑的柴火已經化成一道白色的祈禱，帶著我的喃喃自語，翳入天聽。阿嬤沒說什麼，靜靜地看著我吃。

以前在嘉義市讀書，功課約莫中上，回來坪林的國小卻變成班上翹楚，作業本也不再髒兮兮的，因爲很有成就感，我開始喜歡上學！我喜歡教同學功課，一遍不懂教兩遍，被我教的同學會熱情地說：「等會兒打躲避球你就躲在我後面！」

這一所小學只有少少的三班（兩年招生一次），五十多個人，像個大家庭，大家互動熱絡，我樂於參與學校的各種活動，深深愛上這個精緻的坪林分校。

一個月過去了，有一次晚餐，我鼓起勇氣問阿嬤：「阿嬤，我可不可以留下來？」我的聲音很小卻很響亮、很乾脆。阿嬤的身體微微震了一下，不過沒有停下手中的筷子。我不敢看阿嬤，這個問題好像是不小心丟出車窗的垃圾，撿或不撿都不對。

阿嬤吞下一口飯，緩緩地說：「阿嬤沒辦法跟你媽說這件事，要說就你自己去說。」聽阿嬤這麼說我很開心，同時也很矛盾，我一直覺得自己不該背叛「眞正的家」，卻沒辦法阻止自己喜歡上這裡的生活。

我隔天搭公車回嘉義，迢迢車程中，我一直想著對或不對的問題，可以擁有山上的生活，居然讓我有罪惡感，但一想到得回去跟家人同住又覺得失落。我憑著一股衝動才能定下的決心，一回到家就跟老媽說：「我要轉學！」

老媽聽到這句話，臉上出現少有的慍色：「學校不可能收你！」

「會。」我試著不要太過激情。

「要轉你去轉，我明天要上班。」她丟下這句話給我。

「好，我明天自己去轉。」

「你知道怎麼轉嗎？」她幾乎是哀求的口氣。

老媽曾說過：「我絕對不可能把自己的孩子送給別人養。」那是她看電視劇《星星知我心》的感想。多年以來，我一直認爲這個決定傷了老媽，十分內疚，那時的我太自私了。

一個國小五年級的小孩踮著腳尖在學校辦轉學，師長們都問：「父母呢？」其實我是很徬徨的，但冥冥之中好像有什麼指引著，指引我爲自己人生做第一個重大的決定。

第一個大學學歷的分校老師

前三天的表現是我們鑑定老師的觀察期，
只要待得了三天，就會待一個學期，甚至一學年。
她，撐過了三天，沒生病、沒暴怒、沒被蚊子嚇跑、更沒被山崩地裂打敗。

到坪林不是件容易的事，從市區得搭兩個多小時公車才能到達「入口」，從入口到村落還有六公里山路，這條路一遇到大雨就肝腸寸斷。我們當學生的總希望禮拜六、日可以來場大雨，這樣木瓜坑的同學就沒辦法來（他們到學校要徒步四十分鐘左右），老師也不會來，我們住在學校附近的同學就算來學校，也不用上課。

有次週末下大雨，我們照例到學校等著宣布全校放假，但第一節上課沒多久，她卻匆匆忙忙跑進教室，帶著一身大雨的痕跡。

她是黃如霜老師，竟然在這樣的天氣中騎著「石橋牌」的小檔車上山。

老師一走進來就敲敲黑板說：「對不起，雨勢太大，老師遲到了。」當下，所有人都被這一幕震懾住了。她沒等我們清醒就指示：「開始上課！」那語氣很有穿透力，即便外頭大雨喧騰，仍然蓋不過她的氣勢。據分校主任說，她是坪林分校有史以來第一個擁有大學學歷的老師，本校希望她到大埔任教，但她卻選擇我們分校的孩子。

黃如霜老師上課條理清楚，不拖泥帶水，很多觀念只要她輕輕一推，我們馬上開了竅。她很有耐心，不會嫌我們笨，也不會嫌我們落伍，甚至利用時間跟我們到祕密基地去，其他老師一看到祕密基地外的蘆葦就會打退堂鼓，但她竟然興高采烈，成了第一個參觀我們祕密基地的老師。

畢業前夕，黃如霜老師決定帶我們去嘉義市旅行，當她大聲宣布：「我請全班吃牛排！」我們每一個人的眼睛都瞪得老大。那時候的我們只要能到「大埔街上」就很興奮了，更何況是到嘉義市！爲了準備兩天一夜的穿著，我們幾乎都將壓箱的衣服拿出來了。

全班一共十六個同學，老師拜託商店老闆載我們到大埔，我們再搭公車到嘉義市，一路上她像隻玩老鷹抓小雞的母雞，總是攤開雙手護衛我們上車。我躲在她背後，有種說不出的安心感覺。同學們都說她像學校的後山，不僅是我們祕密基地所在之處，更妥貼地將整個校園包圍。

到了在牛排餐廳用餐的時間，同學們都很興奮，鐵板燒的蓋子還沒打開就已經虎視眈眈，只差沒在蓋子上頭許願了。我們沒人習慣拿刀叉，屢屢被鐵板燙到，不過沒有人埋怨，反而以此爲榮耀。

除了吃牛排初體驗之外，到老師的外公家過夜也很刺激，老師爲了提高洗澡效率，規定兩個同學一起洗。我們這群山上來的孩子，連對衛浴設備都覺得新奇，有同學居然站上了洗手台，硬生生將洗手台壓斷，導致水管破裂，噴出大量的水！

我還記得老師不停地彎腰跟她的外公道歉，卻沒有責備我們，只是要我們小心安全。我們並沒有因爲弄砸了洗手台而掃興，反而多了一個互相揶揄的笑點。老師對我們非常寬厚，包容我們的無知和任性。

山上小孩對城市來的老師通常持觀望態度，前三天的表現是我們鑑定老師的觀察期，只要待得了三天，就會待一個學期，甚至一學年。在黃如霜老師之前是個男老師，他第二天就中暑了，很多大人都來看顧，還幫忙刮痧，但是他第三天就離開了。

黃如霜老師撐過了三天，沒生病、沒暴怒、沒被蚊子嚇跑、更沒被山崩地裂打敗，成爲我們六年級的導師。我很喜歡她的單純眞誠，感謝她願意關心我們這些山上的野孩子。

國文老師不打人

他有一雙充滿愛的眼睛，
同學一犯錯，他便諄諄教誨，花時間去了解問題，幫忙解決。
他用了比「打」更有力道的關愛，這也是山上的孩子缺乏的。

升上大埔國中後，遇到一批很用心的老師，他們熱情地組成陣線，幫我們開辦晚自習，希望把留在這裡的學生教好。

教導主任口袋有張黑名單，月考一結束就秋後算帳，全校都等著看「A組被扁」。校園不大，中午「啪啪啪」的聲響讓趴著睡覺的同學不敢隨便抬頭，深怕一不小心也會被拖進刑場！

因爲有了這個熱血的教導主任，所以人人擔心被打，但這時出現了一個很特別的國文老師——黃文贊老師，他第一堂課就宣示：「我不打人！」

全班歡聲雷動，危險群的同學好像得到特赦令，準備施展身手，但說來奇怪，國文課並不吵鬧。文贊老師有一雙充滿愛的眼睛，同學一犯錯，他便諄諄教誨，花時間去了解問題，幫忙解決。沒有人可以抗拒他的眼神！

有次他問我：「傳峰，要不要買參考書？」

我不敢答應，不自覺地抓抓口袋：「要回去問阿嬤看看。」這是我的緩兵之計。

「明天記得跟我說。」他苦口婆心地叮嚀。

「我星期六才會回家。」我趕緊搬出住宿生的理由搪塞。

「好，那你問看看。」他的語氣很和緩，跟映著他的夕陽一般溫暖。

那禮拜回家，我沒有跟阿嬤提起這件事。

記得國小有一次跟她要錢買毛筆，她拿五十元給我，我找二十元還她，她說：「憨孫，錢給你還找錢給阿嬤！」阿嬤的錢是拖著老邁的身體，花半天工夫到後山找藥材，不然就是打零工換來的，所以我不輕易開口跟她要錢，即便是買有用的參考書，我也開不了口。

不過文贊老師並沒有等我回覆，星期天晚上就將參考書拿進寢室：「這個給你用。」

他丟下這一句話就離開，只留紗窗門來回擺盪。我一直揣測著「這個給你用」的意思，是不是要用鉛筆寫，再擦掉？

那天之後，我很希望老師再問我參考書的事，然後我就可以拿參考書給他看，讓他知道我物盡其用，但老師從沒再問起。

當時我們這批功課不錯的學生，在山上怎麼考都名列前茅，文贊老師為了讓我們打開視野，安排我們到嘉義的大型學校考模擬考。

一群同學分散在十幾間教室，一下子成為眾人的焦點，讓人渾身不自在，而且跟這麼多人一起考試，眞的很緊張。

「聯考就是這樣！回去知道該怎麼做了吧？」文贊老師知道他的安排有了效果，我們都明白回去需要再好好修煉。

體驗完震撼教育，老師當天下午犒賞我們到肯德基，一聽到肯德基，我們全都好像飛到天堂去了，而老師保持著一貫淺淺的笑容，用手撥撥旁分的劉海，故意不讓我們看到他眞正的表情。

文贊老師的溫藹比肯德基爺爺更誠懇，他不打學生是因爲用了比「打」更有力道的關愛，這也是山上的孩子缺乏的。

班導，橫越中橫而來

「如果缺錢，記得跟老師說，老師有。」
我永遠記得這個舉動背後的情義，
老師的話成爲囑咐，甚至是一道命令，讓我不敢輕言放棄。

一年級的導師林金城老師調回台南，同學們不明就裡，一致認爲是新來的李裕豐老師趕走他的，在裕豐老師尚未現身時，已經有很多人串聯對付這位「該死的老師」。

裕豐老師報到的那天，我是第一個碰到他的學生，他在走廊向我問路：「同學，請問二年忠班怎麼走？」他穿著一雙幾乎已經開口笑的破爛運動鞋，一身灰色休閒運動服，臉上有點鬍渣。我指著班上方向，心想，學校最近雇用了新的校工嗎？班上門窗、水電應該沒壞才對？

沒想到我一進教室，就聽見他宣布：「我是你們的新導師。」班上幾乎要發生暴動了，至少有一半同學趴下來表示抗議，女同學對他的反抗特別激烈，逼得老師必須在第一週就做一張問卷，請同學告訴他哪裡不對，應該改進。

其實裕豐老師沒錯，但取代了金城老師成為導師，連文贊老師都被他「弄」走，換他教國文就是原罪！

我那時是班長，收問卷時先瞄了一下，很多建議都很聳動，諸如「去死啦！」、「你滾！」、「把金城老師還來！」，還有人簡潔地寫「X你娘的」，這些以女生居多，男生則是一副「你不犯我，我不犯你」的樣貌，但心想著：「你最好來弄我！」

我猜這老師應該撐不了一個禮拜吧！

沒想到裕豐老師竟然撐過來了，還變成大家都很喜歡的老師，他不怕同學排斥，積極營造關係，卻又非卑躬屈膝，他很快地取代了金城老師以及文贊老師，成為大家認同的導師跟國文老師。

他有空會跟我們一起打籃球，雖然他速度不快，跳得也不高，卻很會運用身材優勢，一招「雞屁股」就在籃下吃死我們，只要他運球到禁區，就開始扭屁股，把防守的同學頂出去，這招很笨拙，我們卻無法防守，總是指著老師抱怨：「只有這一招。」

老師不以為忤，好像還很得意，「怎麼樣，我就是有辦法。」說著，還會拍拍屁股示意。

裕豐老師遠從宜蘭來，他說報到那天是騎著「翔鷹50」，從梨山、大禹嶺翻過中橫而來的（若干年後我環島騎過中橫才知道原來這麼崎嶇！），但他沒被渺遠的大埔山路打敗，當然更不會輕易被小鬼頭的第一印象擊潰。他笑起來有小彌勒的感覺，瞇瞇的眼睛有一股梨山才有的堅毅，他跟梨山的蜜蘋果一樣，賣相不佳，但多咬幾口就能感覺到無比香甜。

當學校指派我到山下的中埔國中參加全縣的科學研習會，裕豐老師便出動他的座騎「翔鷹50」載我前往，那時正是西南氣流強盛的季節，下過雨的山路顛簸泥濘，老師載著我通過好幾處坍方和落石區，每通過一次，我們就歡呼一次，好像一起玩闖關遊戲，關卡愈難愈興奮。不久，他在一灘泥濘前停了下來，好像沒什麼把握可以安全通過，他說：「傳峰仔，坐好喔。」

我大聲說：「好！」雙手緊緊抓著他稍嫌臃腫的腰圍，說時遲那時快，一陣天旋地轉，我們就躺在泥水裡了。

當研習會同學問起我這半身泥巴時，我竟不會難為情，反而覺得痛快，彷彿這是老船長才有的印記。

李裕豐老師單身，來大埔教書是因黃文贊老師請託，他跟我說：「文贊大哥一通電話說缺老師，我就來了。」他爲人就是這樣率性灑脫，令我欣賞！

有一次我們在走廊相遇，他慢慢掏了掏口袋，細細地跟我說：「傳峰仔，如果缺錢，記得跟老師說，老師有。」

我沒跟老師拿過錢，但永遠記得這個舉動背後的情義，每當意志消沉時，我就會把這段往事拿出來擦拭。老師的話成爲囑咐，甚至是一道命令，讓我不敢輕言放棄。我永遠記得他曾經拍著我的肩膀，期許著我：「路是人走出來的。」我相信這句話，也願意實踐。

李裕豐老師是個願意走進學生世界的老師，他有一雙溫暖的手，即便那雙手是粗糙不堪的，卻總能掬起一把清泉供學生滌洗。

失去方向的高中生

沒有一技之長，不讀書，我要做什麼？
我搬出所有書，告訴自己：「三個月應該夠吧？做了再說！」

原本我想讀建教合作學校，國中畢業後可以馬上就業，讀書時也可以打工，老媽就不必這麼辛苦，但家裡的長輩們開了個會，決定讓我讀高中，我的命運竟然在這樣的情況下決定！那天晚上老媽跟我說：「沒關係，你去讀，錢我會想辦法，幾年而已，撐一下就過了。」

高中註冊費靠姑姑的幫忙，她的臉上有老媽沒有的慈愛，我記得那天，她拍了拍姑丈的手臂，姑丈說：「來，這是註冊費。」

那可不是一筆小數目，是我媽兩個月的薪水。姑姑一直很關心我——應該說是我們一家，因爲她的大哥不是個稱職的父親，也不是個稱職的丈夫。我清楚看到身爲妹妹的她，對我們家總有一種對大哥的憐惜與不捨，她將對大哥的愛分享給我們，希望我們家可以因此而過得好一點點，即便真的只有一點點。

高中生活剛開始，我跟老媽、老爸住在一塊兒，租的低矮平房有一間房間，只放得下一張大床、一張小床；一間客廳，擺神明桌和書桌，如果老爸某天和神明「來電」，我就只能將書桌搬到外面讀書；一間廚房，兼具浴室功能；廁所則在五十公尺外的社區公園裡。

這樣的環境讓我沒辦法靜下心好好讀書，尤其是老爸，他腦袋裡有很多數字，很多人來向他求號碼，若遇上一些比較強橫的，老爸常常被打到鼻青臉腫。

某天我在神明桌旁看書，有個滿臉橫肉的人到家裡來找他算帳，我的魂不知道是不是被神明押走了，當他被痛打時，我竟然有辦法淡定地坐在原處。其實我很想去踹那個死肥仔，心裡卻又高興終於有人替老媽出手。我常常握著拳頭，拚命壓抑住想扁他的念頭，現在終於有人用拳頭告訴他，他的明牌不準！

我終究沒有起身幫忙，一直低著頭假裝讀書，不知情的人會以爲我認眞到連老爸被痛扁都毫無動靜。

有一日，不知道是神明的生日還是忌日，老爸一直逼老媽拿錢出來買祭品，因爲他口袋是沒錢的，他的工作不是老闆出國就是頭家娘死了，再不然就是工廠大火或大雨造成水災……他有千百種不去上班的理由，最後如願專職當神的僕役，但是他連供奉神明的錢也沒有。

老媽一直說沒錢，他硬是要翻她的枕頭、口袋。我無法低頭繼續認眞讀書，拿起供桌上的橘子用力往他身上砸過去，我是帶著恨的，所以橘子離開手心前已經被擰爛。我沒砸中他，弔詭的是，我竟然慶幸沒中，但他並不知道我的慶幸，怒極了，衝過來想教訓我。看著被老媽架住的他，我腦中關於他的一切，一張張被撕毀——在山上努力工作的樣子、叫我去買香菸偷偷給我零錢的樣子……

事發之後，家族的長輩覺得我跟爸媽住無法好好讀書，要我去和住在附近的四叔住。我還是最喜歡回坪林找阿嬤，三合院的兩側廂房總是像伸長的手臂，呵護著回鄉的我，但老家的叔叔們還是喜歡討論我的未來，這讓我很反感，一次離去前我在客廳留下字條：「寧願毀在自己手上，也不願意在你們手上成功。」那天我背著包包，獨自走了五、六公里到山下搭公車，沒讓任何人知道我走了。

自此，他們不再討論我的事情，而我對未來的計畫也從讀大學變成趕快當兵。那時哥哥正在當兵，而弟弟才剛當學徒，收入不穩定。「家裡只剩我一個拖油瓶」的念頭讓我覺得很沮喪，老媽的口袋從來塡不滿，每次我回去就被掏空，我迫切想實現丟橘子那天對老爸說的話：「幾年後，再給我幾年時間，我就不需要靠你！」

因爲不知道爲何而讀書，我的成績開始一落千丈，最慘到校排倒數第三。一天夜裡，叔叔冷冷地在衆人面前說：「我看你大學連吊車尾的分都沒有。」

聽到這樣的話，我只能隱忍，但個性衝動的弟弟卻狠狠地將叔叔壓在牆上，他大吼：「你是在講什麼！」那個側廳的日光燈老化得很嚴重，雖然亮著，卻不停咳嗽，弟弟則像熊熊烈火，灼得叔叔左支右絀，他突然的大動作讓我吃了一驚，連忙上前架住。

阿嬤見狀，上氣不接下氣地罵：「你這個畜生，還不放手！」但弟弟嘴裡重複說著：「阮二仔一定會考上，你眼鏡準備好！」接著他拉著我的手離開，我們逕自走出黑漆漆的埕，整個村莊只有稀落的路燈，而機車發動的聲音卻發瘋似的，想對整個世界怒吼。

弟弟長得比我高，比我壯，面對輕視，他毫不畏懼地反抗。看見他的反應，我一再反問自己：「是什麼時候軟弱到忘記爲自己爭一口氣？」。

從小一起長大的朋友——林芳成，他也跟我說：「不讀書你要做什麼？」他的口吻有點像訓話。按輩分來說，他是叔叔，國小時候我們號稱「坪林雙雄」，兩人各掌坪林國小文武半邊天，即便上了國中也是。他國中一畢業就當學徒，他跟我說過：「我們走不一樣的路，但會在遠方相聚。」大我兩歲的他，比我有智慧多了。

他不止一次問我：「你又不像我們有一技之長，不讀書，你要做什麼？」「不讀書，我可以做什麼？」已經高三下學期了，我原本以爲終於可以解脫，此時又掀起波瀾。

「高中畢業十八歲，當完兵都二十了，誰會要二十歲的學徒，叫不動。」我忘不了林芳成的話。

我搬出所有書，告訴自己：「三個月應該夠吧？做了再說！」

那三個月很難熬，晚上十二點睡，四點起床，心中只有一個念頭：我要考上大學！我經常想像一腳踏進大學的模樣跟心情。

終於！這三個月的努力沒有白費，我考上了東海會計系！

期末考時的劇變

「阿媽，我回來了，回來看妳了。」
我從埕尾爬進大廳，膝蓋的刺痛，讓我像做錯事情得到懲罰一樣舒坦。

坪林是個封閉的小村落，以前常聽大人們說：「過隧道之後誰家如何如何……」這是我們村落表示某戶人家地位的一種說法。

「傳峰仔，考個大學，隧道過來就是我們這戶了。」五叔曾經拍著我的肩膀這樣說過。家族中最高的學歷是高職畢業，沒有任何人能指引我，所以我對大學沒有任何概念，我彷彿看著一張還沒開展的地圖，只能走一步算一步。

大哥表示可以幫忙我支付學費，他那時是地磚師傅，一天工資兩千。國小畢業後他就沒讀書了，有次在山上割筍時我問他：「會不會後悔沒念書？」

他背對著我抽菸，沒立即回答，十幾秒之後吐出一口煙，他說：「會！」我無法確定他的表情是什麼，但這陣煙霧卻好像是整座山谷的嘆息。

不久後房地產崩盤，大哥慘到一個月只工作幾天，因爲不想多花錢，他都窩在房裡睡上好幾天。看到大哥這樣，我開始找工讀機會，到學校幫教授洗屋子、刷油漆，搞到後來若有其事的包起工程。我想，大哥有他的人生，他國小畢業就遠赴臺南當學徒，從沒好好爲自己打算，但只要是我要的，總是不計較地張羅給我。我不想再拖累大哥，所以開始半工半讀，即便頂著花花綠綠的油漆頭去上課也很開心。

我選擇東海大學的考量是可以跟大哥一起住，省下住宿費，選擇會計系只是因爲不喜歡讀文法學院，而商學院裡英文成績沒有低標的就是會計系。我的志願卡只瀟灑地塡上六個志願，我還是以第一志願高中東海會計哩！

老實說，會計系讀得很辛苦，我也沒有興趣，所以時常打電話給阿嬤，希望聽到鼓勵，但阿嬤老是念：「跟人家讀什麼會計系，應該要做老師！你應該做老師！」

我那時已經夠煩了，還要被這樣嘮叨，愈來愈沒動力，有次期中考考得很差，於是又打了電話給阿嬤，希望她可以罵罵我。

阿嬤好像知道我要說什麼，她問：「啊你吃飽了沒？」語氣和緩得像裊裊炊煙，霎時，坪林的光景一幕幕在我腦中翻滾，沒多久便滾到了眼眶來，我的喉嚨像哽住什麼似的，只好趕快用手遮著話筒，深怕被阿嬤發現。

「若有吃飽，就要早點睡，早上起來看書比較有精神，知道嗎？」

我無法回應她，只說了一聲「嗯」就掛掉電話，找零的銅幣哐啷地墜落，而從眼睛墜落的，狠狠地砸中掙扎著爬上山谷的我，我想喊痛，卻無法換氣。

阿嬤和二叔原本一起住在坪林，在我考上大學以後，二叔因爲身體狀況不是很好，所以到了嘉義市養病。阿嬤爲了照顧二叔，也跟著來張羅飲食、起居。我總是看到她守在小小的藥爐旁煽火，就像在廚房的大灶烹煮，一樣的撒鹽巴，用湯瓢試鹹度，幾次不小心燙了舌，也只是默默地嘖了一聲。

有天早上阿嬤要我載她去買早餐，她坐上機車，我才感覺到她好瘦，她抓著我的腰跟我說：「都不知道你這麼大了，阿嬤在後面都吹不到風。」秋末的清晨有股涼意，我很高興可以爲她遮風，可以載她去買她喜歡的燒餅油條，即便我打著哆嗦，卻有種可以保護她的驕傲，我刻意挺起胸膛，不讓這不識相的凜冽颳傷了她。

其實那時候阿嬤的身體已經出了狀況，卻完全沒有表現出來。

送走二叔之後，阿嬤的健康情況也急轉直下，沒多久就住進醫院。我有天到醫院探望她，她氣色很好，還削了些水果給我吃，我們談了一個下午，她仍然不忘叮嚀：「你應該讀師範。」

我不喜歡這個話題，頭低低的吃著水果，臨走前，阿嬤將剩下的水果包好，說：「都帶走，我吃不了那麼多。」我不敢拿，那是大家給她的，但她一股腦兒地將水果打包，我趕緊從她發抖的手中接下水果，她正是用這雙粗糙的手夾菜給我，用這雙手來幫我敷草藥。阿嬤說想打只戒指給我，還拔下戒指套量，我驚惶地拒絕，她說：「阿嬤很想留個什麼給你，可惜你不是大孫。」我知道她的心意，就像手上拿著的水果，沉甸甸的。

回臺中之後，我又繼續忙碌的生活，心想等期末考考完再回去看阿嬤。我不斷爲她祈禱，然後安慰自己：「阿嬤應該已經離開醫院，回家休養了。」

但我的祈禱沒有被聽到，期末考時，弟弟偷偷打電話給我：「阿嬤過世了！今天會送回來，他們叫我不要跟你說，你在考試。」

這個消息有如晴天霹靂，我才剛到醫院看阿嬤而已！怎麼就……掛上電話，腦中一片混亂，我必須參加考試，又不能不回去送阿嬤，這兩件事情一直在腦中拉扯。

最後，我選擇回家，一路上心情十分忐忑，每過一站就有下車的衝動，即便公車行駛在熟悉的台三線上，四周的景物卻如此陌生。

終於回到了我再熟悉不過的三合院，我在心裡大聲喊著：「阿嬤，我回來了，回來看妳了。」我從埕尾爬進大廳，埕不是很平整，膝蓋一碰到凹洞、窟窿就感覺刺痛，但每個刺痛卻都讓我像做錯事情得到懲罰一樣舒坦。

阿嬤的面容很安詳。我和弟弟圍在她身邊細數她的種種，然後將銀灰色的冥紙排成圓，點燃火，一張接著一張。

「阿嬤，我回來了，回來看妳了。」

就這樣，我沒參加期末考，沒學校讀了。大哥一直想找我算帳，因爲他幫我付了兩年學費，我竟然沒跟他商量就放棄期末考。我躲起來避風頭，連跟媽媽聯絡也偷偷摸摸，她總是罵我：「你是讀書讀到頭殼一孔！」

那陣子我仍舊住台中，平日發派海報，有空檔就讀書。這個工作很自由，什麼時候做完就什麼時候收工，老闆知道我只是打工，最多給三千張，一張海報工資三角五毛，一天所得差不多一千，有這個數就夠我生活了。我總能在老闆預估的時間內發完海報，他曾邀我一起經營公司，願意給我分紅，我的人生看似有個安頓的可能。

這時候的我，心裡不斷想起阿嬤的話：「你應該當老師！你應該當老師！」以往不願順從她的勸告，現在卻能下定決心，但我不知道怎麼跟家人說，他們依然不諒解我期末考缺席而沒學校念，朋友也無法體會。

「你應該去讀師範」，這是阿嬤的遺願，我告訴自己必須在這句話還新鮮的時候完成它。我開始沒日沒夜地讀書，雖然依舊爲現實生活所逼，必須花很多時間在工作上，但我戰戰兢兢、不敢鬆懈，因爲阿嬤的願望是我最後的港口。

皇天不負苦心人，我考上了高師大，像船找到了停泊的港，但阿嬤地下有知嗎？我終於完成了她殷殷期盼的事。

馬的！這是誰的旨意？

我喜歡在這裡席地而坐，抬頭看看夜空，
天上有很多雙眼睛，
我想其中有一雙是阿媽的，她一定正看著我。

考上高師大，我搭火車來到陌生的城市，月台人很多，好像每個人都向你迎來，但到了跟前卻轉身擁抱身旁的人。他們都有人等，或者等著人。

我一個人，準備重新適應一個地方，好想當一隻把頭埋進沙裡的鴕鳥。

我身上的錢不多，住的地方沒有太多選擇，只要是房價三千元以內的就馬上打電話問，但人生地不熟，路名加上左轉右轉，一陣奔走之後，感到十分疲憊，我在電話亭稍微停靠，好希望自己是被遺失的孩子，只要在原地嚎啕就好。

終於安頓好以後，我趕緊找工讀機會，正好租屋附近有間拿坡里，就到那裡打工，那裡不僅可以賺錢，還供吃，甚至有機會偷渡做壞的披薩，當作下一餐，但冷掉的披薩不好下嚥，嚼著嚼著總會嚼出辛酸。

我住的地方四壁蕭條，唯一像樣的設備只有大哥送的音響，那是他的最愛，我經常將天線拉到最長，希望可以聽見來自遠方的訊息。

記憶中黑色屋瓦的寧靜村落，在那裡應該可以把披薩烤熱吧。我又咬了一口冷冷的披薩，慢慢咀嚼，希望可以咀嚼出三合院籬笆的芬芳。

有次回到租屋處，住在樓下的房東太太皺著臉跟我說：「傳峰，我剛剛進去你的房裡，聞到披薩好像壞了，那個不要吃，會吃壞肚子的。」

「哦，謝謝，那是本來要丟的。」我堆著笑臉，但心中一沉，晚餐只好另外想辦法了。

重考是我做的選擇，所以不打算依賴任何人，沒錢也得自己想辦法，有次郵局帳戶剩下三百元，不好意思臨櫃去領，只好跟同學借七百元，先存進去，再用提款機領出千元大鈔，這湊足千元的經驗讓我體悟俠客賣劍大概就是這種心情。

某個月多買了教科書，口袋只剩三十三元，但還有十幾天才領薪水，我在路上走著，將手伸進口袋裡玩弄那幾個零錢，心想要買什麼吃，我一直猶豫不決，最後決定把錢留著買明天早餐，這樣中午也不至於太餓。

我步履蹣跚，踽踽獨行，突然風勢一強，連葉子都打上臉來，我抱怨著：「不會連你們都要欺負我吧！」沒多久，又來一次。

「馬的！這是誰的旨意？」話才剛說完，便覺得味道不對，那是好濃的銅臭味！

我沒有站在原地等失主來領回這張五百元，幾天之後花玩了，不得已打電話向老媽求救，老媽不識字，不會匯款，只好直接用寄的，我每天都去看信箱有沒有我的信。

好不容易盼到了信，從信箱抽出來已經有點破損，我小心翼翼地拿到房裡拆開，用日曆包得整整齊齊的三張千元大鈔就安詳地躺在那裡，好像睡在軟綿綿的床被上。

我腦中突然浮現老媽寄錢的樣子，她一定是先請人幫忙寫住址、名字，然後將錢放在日曆紙上，摺好，最後謹慎地放進信封，再到郵局買郵票，郵票錢一定先問了價錢才買，貼好郵票一定還要問人家，該投紅色還是綠色的郵筒，是左邊還是右邊。

「這是最後一次了！」我對著這三張大鈔說。

大學這段歷程對我來說是很重要的歷練，日子很辛苦，但我一定要求自己每個月拿十分之一的薪水買書，這是用來投資自己的。

我不是沒有想過放棄，當時我常到學校對面的文化中心散步，那裡有小朋友奔跑，有年輕人跳舞，也有老人社團，像大家庭似的，我喜歡在那裡席地而坐，抬頭看看夜空。

天上有很多雙眼睛，我想其中有一雙是阿嬤的，她一定正看著我。

然後我會拍拍屁股，收拾心情，離開文化中心，勇敢地走向下一場挑戰。

孩子，我和你們同一國

曾經有人告訴我：「老師不是神。」
我正是知道自己能力有限，所以才如此執著。

當我站在孩子的立場看事情，
教育現場的一幕幕，如此清晰……

安親班就要這樣

K

大人總把「爲你好」說得理直氣壯，而且理所當然，要孩子束手就縛。我到底是爲他好，還是爲自己好？

剛上大學時，我在拿坡里打工，不過我想從事跟「教學」比較有關的工作，於是接手一個學姊的作文班。班主任知道我沒經驗，只給時薪七十五元，我跟自己說：「我要的是經驗，不會教作文可不行！」每個禮拜爲了改作文，搞得自己「面目可憎」。學生的作文眞的不是蓋的，把我原有的詞序打亂，甚至讓我不知道是「時後」對，還是「時候」對，我還算風花雪月的筆觸，被蹂躪得失去情味。

後來想挑戰導師工作，於是到安親班磨練身手，班主任看我一臉菜樣，想親自指導我，於是請我上樓到她的班級。

「教小朋友很簡單，像這個，你過來！」她很有架式，小朋友唯唯諾諾地走到她面前，她沒正眼瞧他，轉頭對我說：「像這個，作業不準時交、也不寫好，就要這樣！」她手不知哪兒來的參考書，已經捲成棍狀，啪的一聲便往小朋友身上招呼。班上小朋友好像見怪不怪似的，只有我驚訝地張大了嘴巴。K了幾下之後，她轉頭叮嚀孩子：「記得要寫好，知道嗎？」然後交代我：「這樣小朋友就會聽話了！」

我沒有點頭。

我曾經在「體罰」的議題上跟教授有過激烈討論，當時我不是很認同他說的「不能體罰」，但現在卻能完全明白他說的——學生的人權。

班主任要求我同時看三個不同年級的學生，還包括兩個不同學校的孩子，家長送孩子來時擔心地問：「他們在這裡有辦法一起複習嗎？」班主任很有信心地保證。

我不知道她哪來的自信，當我面對這些學生時，巴不得自己有三頭六臂，不是因爲主任的保證，而是希望學生可以得到好的照顧。但是，我沒辦法做到。

我在這家安親班只做了一個月，對於無法好好照顧孩子感到灰心，於是到了另一家安親班，繼續實習擔任導師。第二家安親班的規模很大，班主任很照顧我，常常偷塞獎金給我，她曾經指著進門的學生問我：「楊老師，你看到什麼？」

我一臉狐疑：「不就是學生嗎？」

班主任搖搖食指說：「不對，是鈔票，學生是我們的衣食父母。」

我沒有接話。

我有自己的想法，我希望在安親班提供專業的服務，而非卑躬屈膝地賺人家的錢。

班上有個同學吸收能力比較差，曾被我留到很晚，到後來他幾乎是懇求地問：「老師，可不可以讓我回家？」他哀傷的眼神在我眼中停留了幾秒，我還是要求他繼續運算。

「這裡我真的不會，我想回家。」說著說著，他哭了。

「不行，你還有很多不會，不會我可以教你啊！我是爲你好，快算。」我說出這句話以後，心裡突然覺得很不踏實，回家的路上我一直想著「我是爲你好」這句話。

大人總把「爲你好」說得理直氣壯，而且理所當然，要孩子束手就縛。

「我到底是爲他好，還是爲自己好？」這疑問的海嘯迎頭襲來，打得我站不住腳。

這家安親班的獎金制度很完善，老師可利用學校月考期間大賺一筆，只要是大張考卷一百分，老師就有一百元獎金，所以安親班老師在學期初就買了很多考卷，每科三、四份，寫完了將第一、二份結合，接著是第三、四份，考前再把所有考卷結合。學生被訓練得很會寫考卷，功課好的學生甚至可以幫老師賺到一、兩千元獎金。

我的獎金總是最少，每次發獎金的時候班主任總不忘提醒我：「楊老師，你要加油唷！」但我不想讓學生成爲我賺錢的工具。

我的理念和績效使班主任的合夥人覺得刺眼，以市場的觀點來看，我確實算是「不適任教師」，在安親班裡「成績」就是唯一標竿。

我堅持做自己想做的那種老師，沒有被獎金沖昏頭，也沒被成績擊垮。我一直很自豪，走了安親班這一趟，讓我看到不同生態的教育環境，我的教育理念被磨練得更鋒利了。

毆打孩子的父親

原本該提供庇護，讓孩子安心成長的家，只剩暴力討債的債主，如何不讓這些孩子對「家」的意識模糊呢……

高師大畢業後，我在嘉義大埔國中實習，遇上了暑期輔導，暑期輔導是不收某些學生任何費用的，但有一位陳姓學生假借付費之名向家長要了兩千元，到學校後四處炫耀，還大方地請同學喝飲料。湯姓同學見狀，也如此要求。

東窗事發後，陳同學把事情賴在湯同學身上，說是遭到要脅，學校老師便請家長到學校來處理。

湯同學魁梧的父親來到學校，不分青紅皂白，一見到他就單腳側踢，命中肋骨。這位身高六尺的學生應聲倒地，抱著肚子呻吟，父親接著又是一腳，一旁的老師幫忙拉著，但氣頭上的父親沒有停腳的意思，直說：「不要拉著我，我要教訓他！」

湯同學曾得過中小學聯運鐵餅亞軍，身材高大，此刻卻躺在地上抽抽噎噎，他氣若游絲地擠出一句：「我沒有。」

「還敢說沒有！」又是一陣拉扯。

聽說這位父親也是田徑隊選手，因爲鐵餅成績優異保送警專，卻因爲素行不良遭到警局革職，他對孩子寄予厚望，希望孩子不要步上自己的後塵。

大埔國中的許多孩子離鄉背井，寄宿學校，就算受了委屈也沒有溫暖的懷抱，但不小心犯了錯，家長就立刻變成猛獸。原本該提供庇護，讓孩子安心成長的家，只剩暴力討債的債主，如何不讓這些孩子對「家」的意識模糊呢……

我常去中興新村的兒童公園，那裡恍若小朋友的天堂，可以追逐嬉戲。有個小朋友弄哭了別的小朋友，他的爸爸原本在一旁抽菸，見狀馬上衝過來，他握著拳頭，念念有詞。孩子馬上變成小羊，我彷彿看到他頭一轉，亮出脖子說：「爹，請下手，慢用。」

看到這一幕讓我相當難過，我可以選擇不跟那位父親做朋友，不要承受他的脾氣，但孩子沒辦法選擇父親，必須依附這樣的人，必須去適應，甚至模仿他。父親的喜怒哀樂將決定孩子的人格養成，顯然的，這位父親沒扮演好父親的角色。

每次面對遭受父親暴力的孩子，我總是滿腔怒火。我班上的學生小儒常常被他的爸爸毆打，同住的奶奶無法保護這個孩子。有一天，同學緊張兮兮地要我去看看小儒，我不敢大意，趕緊將小儒找來。

「衣服掀開。」我已經看見他脖子的傷痕。

他還在猶豫，我就自己動手了，我盡量溫柔，不讓他有痛的感覺，我問：「他打的？」

那時他背對著我，輕輕抽動，不知是點頭還是啜泣。

「爲什麼？前面呢？」我輕輕放下他的衣服。

「也一樣。」

「爲什麼？」我又問了一次，他不知道我多麼努力地壓抑著自己的憤怒。

「跟以前一樣，昨天喝酒，回到家已經十二點了，就叫我起床，然後用椅子砸我。」

「沒有原因？」

他搖搖頭。

「然後呢？」我盡量不看他的眼睛，怕看到什麼。

「我叫他不要打我，他還是一直打，只好跑出來。」

「住小仁家？」

「嗯。」他點點頭。

孩子半夜應該和媽媽或爸爸相擁而眠、說著囈語，或者抱著棉被，想著明天早餐吃什麼。但對小儒來說，昨夜何其漫長，我不忍想他是如何拖著身子，走過未央的夜。

「老師，千萬別打電話回家，他應該還在睡覺，如果他知道我跟你說，一定會繼續。」

他沒說出「打」，大概還想保留跟父親之間氣若游絲的關聯吧，我只好點點頭。

我致電輔導室，看看有沒有什麼資源可以幫忙，輔導室說可以跟社會處聯絡。掛上電話之後，我腦中想著小儒拎著包包被社會處帶走的樣子，身後是哭泣的奶奶，而爸爸可能在一旁放肆咒罵。

孩子走了，可以走到哪裡？安置？走不了的奶奶又會如何？

我應該按照程序通報，但僅僅通報對孩子是負責任的嗎？如果小儒畢業後讀建教合作的學校，應該可以脫離這個環境，奶奶也不用擔心，但離畢業還有一個學期。

幾經考量，我還是決定打電話給家長，暗示他我知道這件事情。

「請問是小儒家長嗎？」電話響了一會兒才有人接。

「我是，是有什米代誌？」口氣有點不耐煩。

「有件事情必須讓你知道一下。」我故意讓這些字很清楚地傳遞出去，而他好像知道我的用意。

「你等我一下，我馬上去學校。」

沒多久，他來了，身高超過一百八十公分，滿臉醉意，距離一公尺尚嗅得到酒味。

「你是安怎？」家長不客氣地問我。

「沒有，我只是要讓你知道小儒受傷了。」

「那是他自己不小心的，又不是我打的。」

「我知道，他也說是他跌倒的。」

「那你打電話給我做啥？」他語氣比較緩和了。

「如果不是他自己跌倒的話，我這邊需要通報，有些手續要跑，這些我必須讓你知道。」我盡量避開一些刺耳的字眼。

「就跟你說他自己跌倒你聽不懂？」他突然又冒起火來。

「我知道，但還是必須讓家長知道學校會怎麼處理，到時候警察也會介入，這樣比較麻煩。」我一直暗示他我知道的是另一個情況，故意把「警察」搬出來說。

「我就跟你說他是跌倒的。」他的口氣不再咄咄逼人，有點求饒。

「我知道，他是不小心跌倒的，他也這麼說，今天記得帶他去看醫生。」

「好啦，我知道。」他轉身之後就吹起口哨。

小儒知道我找家長來，很緊張地跑來詢問對話內容，接著他懇求我：「老師，今天可以陪我回家嗎？」

「好啊，第八節之後等我，我載你回去。」

他家的巷子不夠大，車子得停在路旁，我們沿著巷子走，他講了些小時候的事情，好像那些事是昨天才發生的，但愈靠近他家，他的聲音越小。

「你會怕嗎？」

「不會。」他很心虛地搖頭。

「不用緊張，如果我頂不住了，要記得跳進來幫我。」我笑笑地跟他說。

他沒有點頭，尷尬的笑了。

他到家的第一件事是找奶奶，確定奶奶不在，他就不敢在房裡穿梭。我想既然來了，再跟家長見一面也好，他應該也清醒了。

果不其然，他在後院，坐在機車上，吊兒郎當的說：「老師，你來啦。」

「是啊，陪小儒回來。」

「你放心啦，我不會打他啦。」他別過頭去。

「我知道，只是陪他回來。」

我和小儒一起走出巷子口，他好像也希望我陪他見過家長，現在他心情看起來比較輕鬆，對我說：「楊哥，謝謝。」

「別想太多，如果苗頭不對就要跑，你應該跑得贏，不要笨笨地被打，知道嗎？」我故意比了動作，他笑了。

我看著這條淺淺的巷子，不知道這靜謐之處，半夜的回音大不大？

隔天，小儒帶來口信：「我爸叫你別管我家的事。」

我說：「我只是做我該做的事情。」但這番話他應該不敢傳回他爸爸那裡。

我打了電話給奶奶，問問她的意見。最後，奶奶說：「這個囝仔很可憐，看他姑姑願不願意收留他。」

「先撐過三年級，畢業後讀建教合作的學校，就可以過自己的生活。」我建議奶奶。

轉過去兩三個月，奶奶又把他轉回來，姑姑沒辦法照顧他太久。這樣的孩子大概是上輩子沒燒好香吧，我只能安慰他：「這是上天給你的考驗，唯有通過考驗，才能面對接下來的挑戰。」

但我心裡想的卻是：去他的考驗！爸爸喇賽卻變成他的考驗，是要考成羅漢還是神仙？去他的考驗！

孩子一錯再錯

我依舊選擇相信，我不願意放棄期待一個孩子可能回頭，
我希望當他回頭卻無處可去的時候，他會知道我一直在等他。

旭旭這孩子要進來國中之前，我就聽說他會抽菸，交友複雜，課業落後同學相當多，國小幾乎不寫作業。他是單親家庭的孩子，爸爸平時上班，兼職釀蜜，辛苦拉拔三個小孩，沒太多時間照顧孩子，卻還算用心。我常常去旭旭家，他爸爸總是會先泡壺茶，再慢慢聊孩子的事，也聽我分享旭旭在學校的種種（比較嚴重的事都在電話裡先說了，並讓家長知道處理進度）。

「我已經罵過，你就好好再說一遍，讓孩子清楚你也知道就好，這次黑臉讓我來當。」我知道父親跟孩子相處的時間不多，一直罵反而會把孩子罵跑，所以我跟父親溝通，我們兩人角色應該互補，他罵過的，我安撫，反之亦然。

如果發生很嚴重的事情，我也會以比較輕鬆的方式向爸爸陳述，諸如「太有正義感，

沒分辨好壞」、「比較活潑，對人造成困擾」、「覺得好玩，沒想太多」，盡量避開聳動字眼，避免造成家長恐慌，同時不讓坐在一旁的孩子難堪。

我就像一座橋梁，讓他們父子可以在橋上相會，家長、老師、孩子應該坐下來好好聊天，這三方關係應該是緊密的，不是仇家，更非競爭對手。

蜜蜂採收期間，我都會跟他爸爸說：「讓他去幫忙，需要請假就打個電話來。」同時會鼓勵旭旭：「不喜歡讀書，至少學個一技之長。」有一次他伸出手來跟我說被蜂螫了，手上腫了一大塊，我故意在上課時提及：「男生要有氣勢一點，像小旭，被蜜蜂螫了也不喊疼。」

他笑笑的，有點不好意思，似乎再被螫個幾下都沒關係的樣子。

有次他拿一罐蜜給我：「這一罐是我弄的喔。」

「沒有毒吧？」我故意消遣他。

「絕對沒有，純的喔，我爸又教了我……」他開始滔滔不絕地說。

「恭喜你，比同學多了一項技能。」我拍拍他的肩膀。

旭旭在課堂中提不起勁，後來我發現他喜歡修理機車，就讓他在早自習閱讀汽車雜誌，他越看越有興趣，三年級就到機車行打工。我每天都會檢查他的手，如果手很乾淨就會捱我罵。我進一步勸他至少要看得懂字，並舉雲科大學生發明環保排氣管的例子，要他不能放棄學習。

「總不可能一輩子當人家學徒吧，如果自己開店，難道不用懂一些字？」聽我這樣說，他點點頭。

爲了不讓他在學校毫無成就感，班上參加跳繩比賽時，我安排他當最辛苦的甩繩手，甩繩容易起水泡，但過程中我沒聽過他喊苦叫痛，漸漸地，同學對他的印象從「不喜歡讀書」，變成「只是不喜歡讀書而已」。當他人對一個人的看法改變時，當事人的自我期許、自我認同也會不一樣。

一次英文課，有同學拿黏土屑屑丟老師，老師很生氣，教務主任交代一定要揪出惡作劇的人，那時全班都被留下來。爲了讓同學可以準時回家，旭旭跟小榕舉了手，承擔所有過錯。

「怎麼會是你們？」教務主任走了，我問他們。

「不是我們。」

「不是你們？那你們還承認？」我相當訝異。

「不想看同學被留。」

「你們知道後果是什麼嗎？」

「知道，反正我們就是可能會丟的人，讓其他人先回去。」

旭旭愈來愈懂事，所以我更確定，不放棄引導走上歧路的孩子。

另一個孩子小億，畢業兩年了，在學校的時候也是一再惹事。他上個月他來找我，我問他最近在做什麼，他掀開帽子說：「老師，你猜！」

看他剃了平頭，我問：「你去當志願役嗎？」

「不是，我才剛出來。我在裡面兩年，知道錯了，現在覺得那些在路上飆來飆去的人，真的是浪費時間，他們不知道自己在做什麼。」

他戴著鴨舌帽，離去的背影還是國中時候那個模樣，我不知道他這兩年怎麼熬過來。

這孩子進國中前就頗負「盛」名，打過幾次架，興趣是跑步，一直是田徑隊。他由阿嬤帶大，媽媽不知去向，爸爸人在大陸。阿嬤經營「土雞城」，第一次去他家裡訪問時，阿嬤堆著面對客人的笑容，那樣的笑容讓我很不自在，我想看到眞正的「阿嬤」——一個有心解決孩子問題的阿嬤。

這孩子只要發生事情，我就會到他家裡坐坐，阿嬤漸漸地拿掉面對客人的笑容，願意信任我，常常讓小億在放學之後來找我，希望藉此斷絕他和外面弟兄的交往。

每次看到小億在阿嬤面前流淚，我都覺得他很單純，但他卻一再對我說謊，我一次次被唬弄。

有次他在廁所弄衣服，刻意拉出背後的刺青，有學弟看到，他還嗆：「看三小！」我輾轉知道這件事情把他叫來訓了一頓，接著問：「爲什麼刺這個？」

他理直氣壯地說：「這是藝術。」

「不介意我看吧！誰刺的？」

「堂裡的師兄。」

「爲廟會藝術付出我不反對，但神明會叫你做懷事、打架、抽菸、嚼檳榔嗎？」

他不好意思地抓抓頭說：「好像不會。」

「既然拜神明，就要追隨神明，神明都是做了很多好事才當神，所以多做點好事，知道嗎？」我用力地敲他的頭。

「我知道。」

「如果還有其他人看到你的刺青，他們看一次，我就代替神明修理你一次，昨天神明託夢給我，叫我要好好教育你。」我暗示他不要拿刺青炫耀。

爲了刺青的事情，我去找了阿嬤，她說：「沒辦法。」這是阿嬤最常說的。

「不能說沒辦法，他是妳的孫子。」但我知道她的處境，兒子長年在大陸，她常覺得虧欠孫子。

小億曾厭惡地跟我說：「我不想回家，家裡有很多奇怪的人。」我能理解，卻無法幫他改變環境。所以孩子能到哪裡去？廟會變成了他的家。

老師必須有渡人的精神，我卻渡不了他，他還是打架鬧事，然後又對著我流淚，保證不會有下一次。

我依舊選擇相信，我不願意放棄期待一個孩子可能回頭，我希望當他回頭卻無處可去的時候，他會知道我一直在等他。

前些時候，學校的監視器被偷了，總務主任神祕兮兮地說：「楊老師，你要不要過來看一下？看是不是學生？」監視器的廠商也在，他看起來頗爲無奈，這批監視器才剛安裝好，還沒驗收就不翼而飛。

「像不像我們的學生？」總務主任看過好幾次錄影紀錄。

「不然你們再想看看啦，有線索再跟我們說。」廠商像隻被咬傷的公雞。

回到班上，我看了看台下的同學，想拋個餌試試。

「剛剛去看監視器影片，學校的監視器被偷了。」我故意不說結果，想看看同學的反應，結果看見某位學生極度不安，我抓準時機繼續說：「放學之前自己來找我，我會請廠商不要報警，如果不來找我，廠商拿去警察局了，那時我也沒辦法。」

下課，馬上有學生來跟我承認，他們頭低低的，我也很喪氣。

「還有別人嗎？」我的口氣很冷漠。

「就我們幾個。」

「你們不知道這是犯法嗎？廠商要報警了，東西拿出來，我去跟廠商求情。」

我打電話請家長來，在等待的過程中，我逕自離開，心想，這些孩子不就是打打架、上課鬧鬧、抽抽菸……，怎麼會偷東西呢？

六點不到，家長全都來了，監視器也全都找齊。提議偷竊的同學說他需要錢去改車子，於是夥同資源班的同學偷竊。

主事學生的爸爸當場訓斥他，最後孩子擠出一句：「誰叫你都不在家？」這句話讓爸爸更生氣了，他說：「我在外主持節目，讓你吃好住好，有錯嗎？」我看著這一幕，心想這是「父子」嗎？他們各自陳述自己的生活，但毫無交集，如此陌生。我以為我的成長環境是特例，現在看來一點也不特別。

後來，他們又偷了其他班級的畢旅費用，我再次請家長來處理，家長來了之後不再破口大罵，而是不知所措。那位在電台當主持人的爸爸，最後跟孩子哭成一團。

我真的不知道怎麼幫他們，同時也反省：第一次沒報警，到底是給孩子機會，還是姑息養奸？

我很徬徨，我選擇的教育方式顯然一敗塗地，昨天我還跟這些學生有說有笑，那笑語不到二十四小時就變成了訕笑，我像極了被噓的街頭藝人，一個忘記畫妝的小丑。

我不斷問自己：到底他們的眞面目爲何？是決定要偷竊的他們？還是懊悔而哭泣的他們？「教育」到底是什麼？如果眞有個教育的神，麻煩請給我指引，讓我走上正確的道路。我不想再跌跌撞撞，我恨自己像個蒙古大夫，找不到病徵，開錯藥！

距離他們畢業還有幾個月的時間，這段期間我不斷製造機會，讓他們爲大家服務，他們也很樂意。

我跟他們說：「慢慢來吧，不可能明天就變好了，希望這段時間過去之後，你們能走出來。」他們點點頭，我跟著點點頭，這也是我重新出發的理由。

這幾個月我們很像伙伴，我在尋求解答，他們則邁向未來。畢業典禮當天，我跟那位提議偷監視器的同學說：「你的畢業證書要由我發。」他笑得很開心，眼眶泛著淚，這張畢業證書的重量，我們都感受到了，後來我給他一個大大的擁抱，恭喜他畢業了。

他輕輕地回了：「謝謝老師。」

我還在尋找解答，希望能爲每個疑難雜症找到解藥，但在這之前我必須有個信仰，在這樣的信仰之前，才能得到救贖。

我相信沒有孩子是天生的劣根，學壞是社會性的，一定有解決的方式，所以帶領他的人必須更高明。

老師要懂設計

老師是不是該讓課堂加入有趣的元素？畢竟學生不能選擇老師。

我曾接掌學校圖書館的運作，學生一聽到「圖書館」莫不如臨大敵，落荒而逃，我暗地許下讓學生走進圖書館的目標，要讓這裡成為全校學生的集散地！

凡是經過圖書館的學生，沒有不被我攔下的，但是大家聽到「閱讀」，就好像在半路遇到推銷員，反手一搖就是「BYE！BYE！」，頭也不回地走了。

不然就是先說清楚：「我不借書！」

於是我調整策略，我必須「設計」學生，先讓學生不排斥到這裡。

那時很多三年級學生喜歡下棋，起先我只是湊近去看，慢慢的變成「下一盤換我」。

「到圖書館找我！」打敗他們之後我會丟下這一句話。

漸漸地「到圖書館找老師」成了那些下棋學生的口號，他們經常招兵買馬，說要到圖書館打敗我。我們一節下課下不完一盤棋就先「蓋牌」，下一節繼續，有時甚至放學後繼續「楚河漢界」，到圖書館看熱鬧的人愈來愈多，他們對進入圖書館不再排斥。

不勉強學生借書，跟學生之間不再是有所爲而爲，這樣的心態反而能讓學生接受。

有天，竟然來了一個學生，詢問我有沒有比較好看的書，好不容易進來了第一位「客人」！我介紹他幾本不錯的書，他借了兩本，第二次再來時，他帶了另外一個同學，慢慢的三個、四個、五個……

除了被動的借書之外，我也向同學介紹書中的內容、摘要，和他們交流讀書心得，久而久之，借書的人愈來愈踴躍，閱讀變成一種輕鬆的休閒。

我開始著手設計「英雄榜」，上面有名字、有數量、有名次，借書變成學校的流行指標。那時還有老師抗議：「傳峰，學生上課都在看圖書館的書。」

我只好笑笑地賠不是，並跟同學宣導：「不要在上課看！」

不過有同學很直接地說：「老師上課很無聊，有的很像念經。」

雖然我口頭上喝斥學生「不要亂說，一定是你們不專心」，但心裡尋思：老師是不是該讓課堂加入有趣的元素？畢竟學生不能選擇老師。

怎樣讓學生覺得課堂有趣呢？我擅長利用學生的次文化和他們溝通，我也喜歡利用恰當的課文做些不一樣的活動，比如上〈碧沉西瓜〉這一課，我們就在教室吃西瓜，大快朵頤。

有同學吃得不過癮，神祕兮兮地跟我說：「老師，我們明天一人吃半顆西瓜，再享受一次好不好？」

「我們找了十個人左右。」另一個同學接著說。

「嗯，算我一份，不過要先吃點飯喔，記得先跟導師說。」我有點心虛，好像帶著同學做壞事。

隔天，他們帶了七、八顆西瓜，其他同學一直問：「西瓜是做什麼用的？」

沒想到，竟然有很多學生羨慕我的班在上課吃西瓜，而且這位國文老師還會帶他們做些有的沒的。

這個效應很快擴散開來，連上課的氛圍也改變了。

我們一群人很快就吃完午餐，到約好的地點集合——籃球場看台。

「有人帶刀嗎？沒帶刀怎麼吃？」同學很快地發現問題。

「鏘！看我的厲害！」同學們不知道我葫蘆裡賣什麼藥，我刻意把湯匙拿高，手起湯匙落，連續幾次，堅硬的西瓜表皮出現一條裂縫。

我還顧他們，他們卻不解地問我：「接下來要做什麼？」

「當然是剝開，不然插吸管喝喔！」我敲了敲問問題的同學。

一個人吃半顆小玉西瓜實在很撐，但我要求他們一定要吃完，不能浪費。

籃球場看台的樹蔭很濃，迎著微風，聽著蟬鳴，這暢快的夏天就被我們一湯匙一湯匙地挖著。

「老師，西瓜皮怎麼辦？」吃完之後，一片一片大大的西瓜皮躺在地上，像腆著肚子的不倒翁。

「這西瓜皮可好用了，可以放零錢，當垃圾桶，還可以戴在頭上！」我揣了一個放在懷裡，作勢戴上。

「你戴啊！」小美一直鼓吹。

「你戴。」我指著他，意指他不敢。

「如果我敢，怎麼辦？」

「今天不用寫作業。」

「好！」他二話不說就往頭頂蓋。

同學幾乎都快笑壞了，直說：「我的肚子！」肚子裝了三、四公升的西瓜可是禁不住這麼鬧的。

那天，我們就戴著西瓜皮在籃球場看台玩鬧，等午休鐘聲將我們召回，不然，我們無法自異次元的搞怪校園脫身。

我想他們感受到了吃西瓜的暢快滋味，這不就是課文要我們體會的情意嗎？而且還多了自己的故事，那是屬於我們才有的「碧沉西瓜」。

師生互毆

如果家長只願意在發生大事後才配合學校，
那麼最後的輸家一定是孩子和家長。

實習時，曾發生一件讓我記憶深刻的事情。

有一個班級時常鬧事，有次送公文路過，看到他們的上課情況，只有教室前面的同學是專心的，中間的睡覺，後面的打鬧，甚至有走動的情況。雖然只是匆匆一瞥，這一幕卻讓我難過許久。終於，我有機會到他們班上課，上課後十分鐘左右學生開始蠢蠢欲動，而且在我轉身板書時，居然有人動起干戈。

教務組長把肇事的學生叫到教室外，一陣慌亂之後，學生竟然回到教室抓起椅子要砸組長，我連忙把他抱住，不讓他有機會將手中的椅子甩出去。

組長一時火冒三丈，失去理智，與學生拳腳相向。學生掙脫跑出教室，揚言要去找棍子之類的東西，這時我也追了出去，把他拉住，同時要求組長別再靠近。

這件事情在隔天泛起更大的漣漪，因爲家長堅持要告組長，他們不甘心學生在學校受到傷害。學校爲了平息家長的怒火，帶著組長去學生家裡致歉，好不容易才讓這件衝突事件落幕。

風波過後，其實沒有人是贏家，老師低聲下氣免去了一場官司，家長贏得道歉卻失去了一個願意用熱血獻身教育的老師。那位組長跟我說：「明年一定要調離這個學校。」他抽著菸，口氣十分堅決，帶著些許無奈，我不知該說什麼，但知道他受了很重的傷。

如果家長只願意在發生大事後才配合學校，那麼最後的輸家一定是孩子和家長。這次事件老師固然有錯，但學生怎麼可以全身而退？難道不該爲自己的暴力行爲負起責任嗎？這個學生又是什麼時候變成令人頭疼的人物？孩子不是突然說放棄自己就放棄，行爲偏差是一段時間的醞釀，但家長注意到了嗎？

沒有人天生就想變壞，孩子是什麼時候開始認定「我就是壞小孩」？應該是從「沒有人記得他的好」和「不再期待他可以變好」。

偏鄉之子，努力爲了離開家鄉

教育的目的是培養人才，但在大埔這裡，教育最大的目的卻是要後代離開，離開供著祖先的故鄉。

曾文水庫滿水位的時候很漂亮，悠悠的水面像貂蟬的秀髮，迤邐在呂布的胸膛。山和水相互依傍，有黛綠也有碧藍，再加上藍天白雲，還眞找不到形容詞讚美。但枯水期時，僅見湖底的斷垣殘壁，記得鄉先輩說：「這裡以前叫『永樂村』，是大埔最美的田園。」他的語氣中有無限的緬懷，無限的空虛。

這個「東南亞最大的水庫」，造福廣漠的嘉南平原，但也淹沒大埔的良田農舍，讓居民只能「靠山吃山」，阿媽曾感嘆說：「工仔做，工仔吃；工仔沒做，做乞丐。」

我看過鄉志，大埔曾經是人口過萬的聚落，隨著良田淹沒，人口外移，這裡只好以水庫觀光支撐經濟命脈，但不能經營觀光船筏後，連觀光命脈也斷了，學生人數在短短十年間，從二百人下降到七十多人。

大埔鄉雖然幅員廣大，鄉內卻只有一所國中，經營著實不易。

每次週末要下山前，一定會看到中華得利卡後面載了要回家的學生，他們的家在更遠的地方。他們遠遠地看到我就會揮手，看著他們的背影，我有好深好深的感觸，這麼天真的學生，純潔得如天上的白雲，翻山越嶺來大埔求學，帶回家的是不是他們需要的？一次又一次，來來回回的這條路他們還要走多久？走多久才能有不一樣的氣象？我沒有答案，也很茫然。

教育的目的是培養人才，但在大埔這裡，教育最大的目的卻是要後代離開，離開供著祖先的故鄉。國三時，我曾在大埔最高的白馬山上大喊：「嘉義，我來了！」我將這群國三學生送出去之後，誰把人送進來？我自己也離開家鄉了。

凋零的鄉村，無奈地將孩子送往都市，然後慢慢斷送自己的命脈。

老師又不是神！

督學打斷我：「你說的是理想情況，學生這麼多，老師有什麼辦法幫每個孩子找到出路？老師又不是神。」

參加教師甄試時，記得宜蘭縣教甄口試官問我：「如果行政計畫跟導師教學有衝突，怎麼辦？」

教學現場經常碰到行政、導師間的矛盾，我實習期間就曾思考過這個問題，所以心中已經有答案。

「我覺得應該要好好溝通，不要上下交相賊，行政希望導師怎麼配合，導師可以做到哪裡，應該雙方溝通清楚，找到平衡點，不可以侵犯學生的學習權，如果遇到這種現象，我一定會捍衛學生的學習權！」這番話讓我步出試場時抬頭挺胸，我好像做了什麼重大的宣示。

在彰化的口試則遇到一位校長提問：「楊老師，你在偏遠學區實習，說說你那時看到的情況吧。」

我提到「升學」對那裡的學生相當不利，應該培養能力、興趣……

旁邊一位督學打斷我：「你說的是理想情況，學生這麼多，老師有什麼辦法幫每個孩子找到出路？老師又不是神……」

沒等督學說完，我忍不住插話：「老師當然不可能樣樣精通，但老師有生活經驗，可以收集資料，幫學生找到方向，老師不用什麼都會，卻可以是學生最佳的伙伴，提供他需要的幫助……」

聽我說完，校長笑笑地對我說：「祝你好運。」

放榜那天，我將電子檔下載，緊張兮兮地遮住所有人名，慢慢地從第一名開始往下看。連續看了十個之後，已經滿頭大汗，爲了讓自己舒緩些，先把後面的十二個名額保留，等心情平復。

我對自己說：「沒考上教甄就去當兵！」黑暗房間只有電腦螢幕亮著。失望了二十次之後，只剩下兩個名額，我決定先看最後一名，結果，又不是我。

最後一個名字，我瞥見螢幕底下的第一個字是「楊」？

心裡想著該不會同姓吧？先別高興，先看最後一個字。

那時家人都在樓下，他們不知道我正在經歷人生最長、最煎熬的樂透開獎。

「我上了！」

看到最後一個字之後，我興奮地跳了起來，放肆地大叫了一陣子。

我是老師了！我真的可以實踐自己的「教師道」了！

韓愈說：「師者，所以傳道、授業、解惑也。」他講得很好，這句話一直是老師們的圭臬，不過我想跳出這個框架，用另一種方式詮釋。

我希望當個能「捍衛學生學習權」的老師，同時也是孩子成長的伙伴，我回想那些留在我腦海裡的老師身影。

嗯！我想做這樣的老師！

故意留校的孩子

我們難道不該爲孩子一些留空白，讓他們放學後有一些時間，找到屬於他們這個年紀應該有的歡樂？

當我確定學生的學習情況進入軌道後，隨堂考要求的成績就會從六十分提高到八十分，常有同學被我留下來補考，有的甚至需要留到六點多。我怕他們餓，所以在學校貯存糧食，放學之後先讓他們吃一點，然後開始背字音字形和注釋。

「老師，今天還是在教室嗎？」幾個學生跑來問我。

那時我正躺在斜坡上，看燕子乘著氣流飛翔，我問他們：「要不要躺下來看看？」

「躺這裡？很不舒服吧？」稍微猶豫之後，他們還是躺下來了。

「你們看，燕子滑翔的樣子好美。」那時天空是黃澄澄的調色盤，有個同學突然舉起手，襯著天空滑翔，看起來好像正與燕子一起嬉戲，其他同學見狀也跟著動起來。

「今天就一直躺在這裡好了。」我說。

「不用背注釋嗎？」有個同學緊張地問。

「你們回家背好不好？縮短看電視、打電動的時間就可以像現在這樣。」

「這樣挺不賴的。」有人回應。

我們就躺著聊天，說了些自己的展望和生活瑣事，很多都是「老師」聽不到的。載他們回家的時候，有個謝同學把手伸到窗戶邊，迎著風，手如飛躍的魚，在水中優游嬉戲。我從後照鏡中看到這一幕，突然覺得自己不該留他們下來，他們應該背著書包，騎著腳踏車在附近的田園穿梭。我可以看到他們眼中的渴望，卻又爲了「把國文讀好」的理由將他們關進牢籠。

當我陷入自己的沉思中，突然聽見後座的同學喊：「救命！我被綁架了。」還故意對著外面的警察揮手。

我馬上會意過來，轉頭喊：「想害我！」

同學們笑成一團，一位同學問：「老師，如果警察追過來怎麼辦？」

「我會開車門把你們丟出去。」

「那我們回頭再試一次看看好不好？」有同學提議。

「我還想繼續當老師哩！不想上社會版。」

這批同學已經留校留習慣了，往往在放學前就來掛號。

「你們大概是故意要留的吧？我怎麼覺得留下來變成獎勵。」

「沒有啦，是我們很用功。」

他們往往可以很快完成補考，所以我覺得他們只是想搭我的車回家，我的車都快要變成校車了。

「不然今天晚點回去，我們在學校散步。」一個同學提議。

「我是留你們下來補考的。」我重申留下來的目的。

「我們都補考完了啊，不然來賽跑好了，老師當裁判。」我覺得有趣，立刻答應。

我們在學校司令台前的百米跑道比賽，他們在起跑點，我在終點，當我說「預備！」百米之外都可以感受到他們屏氣凝神的專注。

「開始！」五個跑道，五個正衝向終點的選手，這是我看過他們最認眞的模樣。

「老師，你也下來跑吧。」

「我國中百米跑十三秒多。」

「來比啊！這裡有田徑的。」有同學不服輸。

我們慢慢走回起跑點，我從裁判變成選手，其實，我眞的好想再當選手！從當老師開始，我常羨慕地看著學生放學離校的背影，因爲他們正走向未來，走向未知，而我是一個定型的雕塑，雕的還可以，卻沒有他們的可塑性。充滿可能性的人生是值得羨慕的，好希望他們可以知道，自己是令人羨慕的一群。

「預備！開始！」終點傳來悠揚且具穿透性的號令。

起步之後，我突然有種快感，一種可以不管勝負，不在意旁人眼光的暢快感受，我們像是並肩作戰的伙伴，要給終點線狠狠的一拳，我看見他們暫時忘記課業的開心。

我們難道不該爲孩子留一些空白，讓他們放學後有一些時間，找到屬於他們這個年紀應該有的歡樂？

同學都回家之後，只剩我和董同學，我問：「要一起吃飯嗎？」

「不用，我回家吃。」他靦腆地說。

「就一起吃吧，來碗炒麵，蚵仔湯？」我知道他媽媽上夜班，他的晚餐得自己弄。

「那怎麼好意思？」

「我都好意思留你下來了，你不好意思吃晚餐？」我滿喜歡這個學生的，雖然成績不好，不過很認分，假日都在田裡幫忙，所以才刻意最後一個送他回家。

沒多久麵來了，我們吃將起來，他把麵吸起來的聲音充滿力道，我看著他吃麵，心中有小小的滿足。

「老師，你不吃？」他發現我正盯著他看。

「有，正在吃。」我用筷子指著炒麵，沒想到他竟然衝著我喊：「媽？」

我以爲我聽錯了：「你說什麼？」

「媽，妳怎麼在這裡？」我這才知道他的媽媽在我身後，我想他媽媽是因爲他晚歸來找他的。

「不好意思，我應該先請他跟妳說的。」我說得很心虛。

「你是？」這問題是問我，但媽媽卻看著董同學。

「國文老師啦，常常留我的那個。」董同學自在地回答。

這讓我有點尷尬，不知道「常常留我的那個」，這句話是否隱含求救的訊號？

經過一番寒暄，原來媽媽剛下班，來這裡要打包晚餐回家。她應該四十出頭，卻已經看不到黑髮，在身高將近一百八的孩子旁看起來相對瘦弱。因爲經常值夜班，她很少在家吃飯，今日卻意外在這裡遇到孩子，母子倆難得有機會可以在外面共進晚餐，頓時，我成了突兀的布景。

媽媽沒吃，卻堅持連我的帳一起付，我吃得很不自在，因爲心裡一直計算著她的日薪，我算出連同孩子的，我們吃掉了她兩個小時的工資！這讓我後悔剛剛加點了蚵仔湯，那兩碗可有可無的湯得讓她多做一小時，我更懊惱剛剛沒有直接掏錢給老闆。

和他們分開之後，我想起小時候在坪林，每天放學路上，總期待著阿嬤爲我準備的晚餐，再想想這些故意留校的孩子，如果回家能見到爸媽，有一頓熱騰騰的晚餐，他們應該都會期待，這一天之中最幸福的時刻吧！

老師也可以認錯

「老師賺很多！」

這次我沒有壓抑住怒火，他平常說的話一一浮現，而且化成一團團無名的火。

激進派的學生需要很大的包容，他們反應靈敏，而且得理不饒人。

「老師，很熱，可以幫忙開一下電風扇嗎？」

電風扇跟電燈開關在一起，我一時沒能弄清楚。

「老師，你是白癡喔，不知道電風扇跟電燈開關？」

那時我心裡有股氣想爆發，不過仍壓抑激動情緒，鎮定地說：「如果你覺得我是白癡，那你也聰明不到哪裡去，會請白癡幫你開開關，還期望可以開對的人的智商應該也不高，非但智商不高，EQ 也不怎麼樣，連說聲謝謝也不會。」

我希望反擊能恰如其分，不割地賠款，也不造成傷害，我要提醒那位同學，請勿越雷池一步，同時也在眾多學生面前扳回一城。

但我也有過度反擊的經驗。

有一天，一位經常將「老師賺很多」掛在嘴邊的同學，又在星期六輔導課堂上抱怨：「星期六爲什麼要來上課？還要交錢。」

這次我沒有壓抑住脾氣，他平常說的話一一浮現，而且化成一團團無名的火。

「請你放尊重一點！如果你覺得我賺了你的錢，好，我算給你看！」

我很用力地捏著粉筆在黑板上敲，像要挖出一個黑洞，邊寫邊說：「我一堂課賺四百，這裡有四十個同學，一堂課一個人交十元，兩堂課二十！」

我從口袋掏出二十元往後面丟過去，接著對那位同學說：「你可以出去了！」所有同學都愣住了，大家都沒想到我竟然會發飆。

事後，我覺得自己很不理性，爭論看似贏了，卻輸得一敗塗地！我居然對學生動怒，而且是用這麼激烈的方式表達。

我在實習時也曾經這樣失去理智。一次監考，有個同學兩分鐘就寫完考卷，開始干擾其他同學，我請他安靜，他不理睬，還以山寨大王坐姿挑釁。

我氣不過，走過去將他的考卷揉成一團往垃圾桶丟。我像主審，直接判他出場，他當下被壓制下來，其他同學也不敢造次，事後我一直深切反省，我知道這不是正確的處理方法。

這一次又對學生發怒，我該不該道歉？

我想到上次爲了訂正一個錯誤就惹得同學笑說：「老師也會錯喔。」我很猶豫，一個老師該不該向學生道歉？但不道歉，我就成了冠冕堂皇的人，而且學生心裡明白，我也明白。

最終，我還是決定在課堂上公開認錯。

這種感覺很不錯，不用把自己關在「聖人」的塔裡。我從來不認爲老師是飲露水的，教育用的是一雙手，而非透明的羽翅。

這些經驗讓我我謹記，教育的手段應該要達到教育的目標，不是爲了宣洩老師個人的情緒。

愛心麵包好難吃

我笑笑地說沒關係，卻有種「我本將心託明月，奈何明月照溝渠」之感。

我弟是麵包師傅，國中畢業就當學徒，他可以學會一技之長，我爲他感到高興，讀書對他來說眞的很沉重。我在大埔國中實習的時候，和他住在一起。他第一次領薪水，一下班就跑進我的臥室，從他的麵包師傅袍拿出一個信封，仔仔細細地抽出裡面的千元大鈔，數著：「這一張是每天清烤盤的，這一張是全勤獎金，這一張是加班獎金……」每一張都有名目，每一張都寫在他的手臂、指甲縫裡。

九張鈔票，工工整整地排出一個井。

他從排列整齊的九張大鈔抽出一張給我，對我來說，這不是普通的一千元，這是每天扎扎實實地流很多汗得到的一千元，它很重很重，我用雙手才捧得住。

弟弟的小麵包攤開張，我很開心地訂了七十個麵包，除了想當他的第一個客人之外，也想將麵包分享給星期六上課的同學，我想他們吃到熱騰騰的麵包一定很開心！

看到麵包，學生們一窩蜂地搶，我心裡滿開心的，一來這是弟弟做的麵包，二來是學生喜歡這些麵包。

不過隔天卻有同學跑來跟我說：「老師，你以後不要給他們了，有人嫌難吃！」

我笑笑地說沒關係，卻有種「我本將心託明月，奈何明月照溝渠」之感。

某個機緣又要給同學東西時，我先聲明：「這些東西可能不好吃，我沒有拜託你拿，你也沒必要吃了再說難吃，不需要為難自己，也不用說謝謝，千萬不要為難自己。」

我學會拿掉「好意」的主觀判斷，我們覺得好的東西如果對別人來說不是好的，就不要勉強別人。那些認為麵包不好吃的同學只是誠實地說出感受，我會受傷是因為「好意」，當我們的好意被糟蹋，就會難過、失落，其實這是沒必要的。

孩子可以有自己的好惡，我願意尊重他們的判斷。

課表的主角是學生

課表牽一髮動全身，調整一堂課，可是得全校的課表一起調整，不是擦掉重寫就好。

到了二水國中第二年，我進入教學組，在和同仁還不是很熟的情況下，我在工作分配和協調上顯得吃力，而且我對學校的業務尚不熟悉，尤其是課表的安排。開學最重要的第一件事情就是公布課表，當時本校尚有英文、數學分班的情況，使得排課表成了一項艱鉅的挑戰。我在八月第一個上班日就請了半天假調整心情。

課表是人工編排，必須先列印好空白的各班課表、教師課表，然後一個一個慢慢填進。這樣的工作無法在正常的辦公桌上完成，據說歷來教學組都會消失三天，找地靈人傑的地方躲起來排課表。

我不知道哪裡的風水好，但家政教室有很大的長條鐵桌，所以我選擇那個地方修煉。面對一張張空白的課表，我得先深呼吸，才有辦法逼自己站上起點。

幸好，課表的大難關有許美惠老師幫忙，她從教學組退休下來十幾年了，仍持續在學校幫忙社團、擔任救火員。她是個慈祥的長者，不但提供教學、行政經驗，更讓初出茅廬就得面對課表壓力的我，像進了港口避風的船。她陪著我，花了三個晚上，在昏暗的夜晚一個坑一個坑地慢慢填，不厭其煩地推敲課表的合理性以及適當性。

在這個過程中我一直很想將就，畢竟沒有完美的結局，但她很堅持，非得跟理念吻合不可。課表牽一髮動全身，調整一堂課，可是得全校的課表一起調整，不是擦掉重寫就好。我看她拿著筆想織一件舒適的衣服，適合春夏秋冬，我急著想要完成課表的想法，顯得粗糙而沒有耐心。

我看到美惠老師的執著：學習的主角是學生，老師該配合學生的課表上課，而非學生將就老師的作息。

課表一排出來，我這麼跟同仁說：「我只能盡量讓課表符合學生的需求，老師的部分如果不甚完美，都是天意。」

讓犯錯變成學習

我經常站在學生的角度思考，我認爲學生有犯錯的權利。「學」的意思不就是學習原本不會的嗎？能透過犯錯，暴露學生該學的道理，不是很值得高興嗎？

聖誕節當天學校會請校長扮成聖誕老公公，利用午休期間和一些老師到各班去發送糖果，與學生同樂。

「楊哥，等一下我們跟老師們玩好不好？」智皓提議。

「怎麼個玩法？」

「他們來時我們故意趴著不起來。應該會很有趣，你跟我們一起啦。」其他同學附議。

「你們玩就好，我怕被校長革職，不要玩得太過火喔。」我其實滿想玩的。

「沒問題。」智皓答應，幾個人立刻跑進班上通知大家。

聖誕隊伍在隔壁班時，大家就已經做好準備，我故意離開教室，到外面走廊去。同學們就如約定，趴著沒起來，我也不疑有他。氣氛愈來愈詭異，站在講台上的師長們得不到任何回應，語氣愈來愈重，最後悻悻然離開，聖誕隊伍一離開，我馬上跑進班上。

「怎麼回事？」我有點緊張。

「我們忘了約定什麼時候起來。」大仁很快發現問題。

我心裡暗叫不妙，卻不好展現在臉上，這個班級才剛凝聚在一起，若在這時候互推責任，一定又會分崩離析。

「好，這件事情我從頭到尾都知道，因爲智皓有跟我說，你們只是忘記說好什麼時間起來，就差在這一點。」

「可是老師們很生氣，怎麼辦？有老師罵我們。楊哥，學校老師覺得我們很壞對不對？」學生喪氣地說。

「拜託，有誰可以像你們一樣，膽敢全班公然挑戰聖誕老公公？」此話一出，全班笑成一團。

「被罵很正常啊，這種情況不被罵才怪吧！這件事情讓大家知道，下回做事情一定要討論完整，沒商量好就會像現在這樣，很尷尬。我們做錯事情了，就該爲自己的行爲負責，有要跟老師道歉的，等一下去找班長，由班長帶隊去。」我瞟了一下智皓，他馬上點點頭，我們已經是很有默契的搭擋了。

一下課，幾乎所有人都去向老師道歉，不過這件事情也造成輔導室對我們班有些看法，尤其是聖誕隊伍當中還有校長。可是我不知道該懲罰誰，該怎麼懲罰，因爲他們只是想開玩笑，想與師長同樂，可惜這是個有頭沒尾的玩笑，造成了師長的尷尬。

我此時若沒有選擇站在學生這邊，好不容易經營的班級氣氛將會潰堤，因此我決定跟他們站在一起，一起接受批判，這樣我才可以對他們說：「這次錯在你們。」然後利用機會矯正他們，讓這次的錯誤變成有用的機會教育。

我知道這個選擇很危險，曾有人質疑我太過偏袒學生，這點我必須承認，的確有！我經常站在學生的角度思考，我認爲學生有犯錯的權利。

「學」的意思不就是學習原本不會的嗎？能透過犯錯，暴露學生該學的道理，不是很值得高興嗎？

爲了彌補他們所受的傷，我決定送大家卡片。一人一張，我寫了兩個晚上，每個人的卡片都不一樣，大家拿到卡片都很開心，不可置信地直說：「老師送我們卡片耶！」

送卡片的時候，我記住了學生拿到卡片時的表情，此後，任教班級的三年級聖誕節，我都會寫卡片送給他們。

這次的聖誕驚魂記，從錯中學，讓孩子學到該怎麼判斷事情輕重，這不就是老師應該教的嗎？

去死吧！基測

情緒需要出口，但不一定要像這樣，不論如何要透過正當的手段。

聖誕節過後，三年級學生多半開始按部就班，該讀書的讀書，不喜歡讀書的趕快收集資料，爲自己的出路準備。帶三忠的時候，班上成績一直不是很好，不過我並不擔心成績問題，有時成績問題只是老師的面子之爭。

跟家長談過之後，班上只有六個人必須認眞準備基測，其他的同學好好找到自己的未來方向比較重要，讀書只要盡到該盡的責任就好。

班上同學沒有因爲不喜歡讀書而迷失，反而更加認眞，因爲大家的未來都有了方向。黑板登記的各科考試科目依舊密密麻麻，學生考得完卻讀不完，於是我下了一道奇怪的命令。

「本班考試一天不准超過四科！」

很多小老師跟科任老師都來跟我抱怨考試會考不完。我知道會考不完，但實在不喜歡學生只是飆考卷，我寧願他們利用這節課好好看書。

「考試考你沒看的範圍，這有意義嗎？」我反問同學。

如果眞的塞不下，我請學生拿掉國文。

我除了幫他們拿掉考試，每次考完模擬考之後，我會安排大家活動筋骨，不過有個原則，規畫活動由我全權負責，他們只要當天放鬆來參與就好。

考試的壓力還是存在，有次星期六加強班的課，我一進教室就發現班上氣氛一片凝重，大家還沉溺在昨天模擬考的陰霾中。

小老師舉手問我要不要檢討考卷。

「不用，請大家到籃球場集合，順便幫我把排球帶過去。」

「要打排球？」

「不是，請同學按照號碼排成兩排。」

同學聽到不必檢討考卷，開始議論紛紛，不過神情看起來比較舒緩，大家在籃球場排好隊伍之後，我開始跟大家說明：「等一下請大家面向對面的牆，它是萬惡的基測，請你用排球狠狠地砸向它，然後用你最歹毒的三字經罵，像我這樣。」說時遲那時快，我手中的球飛也似地向牆砸去，碰的一聲相當震撼。

「很爽的，還有有趨吉避凶的效果，來！男生先上！」我大聲說。

男生的力道很強，球球都很有震撼力，同時罵得口沫橫飛，女生們也被感染，一個個想血刃這個莫名的怪物。

有同學意猶未盡地跟我說：「楊哥，沒想到罵髒話這麼爽。」

我怕他們罵上癮了，稍微叮嚀：「情緒需要出口，但不一定要像這樣，不論如何要透過正當的手段。」

一輪之後，大家的表情變開朗了。

「楊哥，下一節繼續嗎？」同學很開心地問我。

「繼續啊，是繼續上課！」我們又回到軌道，每個人朝著自己的目標前進。

家庭訪問，每個都要去

家庭訪問可以觸及到一些在學校看不到的問題，很多家訪讓我看到幾個在校看似沒問題的同學，其實，大有問題。

當同學知道我要家庭訪問，他們都說：「老師，你不要來啦。」卻又很開心地告訴我說他家在哪，我想他們對「老師來我家」是有期待的。

「不用擔心，到家裡，我絕對不會說你壞話，有事情我們在學校好好解決，我只是要去讓你家長看看我長得帥不帥。」他們總是噓我，說我很不要臉。

到了成績好的學生家，家長直說：「老師，你不用來啦，我們家的很乖。」雖然這樣說，還是聊了一、兩個小時。我相信見面三分情，家長將孩子送到學校，至少要知道導師是什麼樣的人，三年可不算短，見過面，彼此有個了解才好。教育的連結不能只有老師跟學生，家長的助力也可以成爲學校的能量，家長相信老師，教育效果自然可以事半功倍，而且贏得家長的支持，老師在學生面前說話也才有分量。

除了得到家長的支持之外，到學生家裡看看，能更了解學生狀況，輔導時有方向，能準確切入問題核心。家庭訪問可以觸及到一些在學校看不到的問題，很多家訪讓我看到幾個在校看似沒問題的同學，其實大有問題。

有個董姓同學，她很乖、很愛笑，我到了她家才發現她家裡的情況非常辛苦，我一進門就看到媽媽在客廳的針車上工作。

「老師，抱歉，家裡比較簡單。」媽媽不好意思地說。

「不會不會。」

此時突然從後方的小臥室傳來一聲：「老師你好。」

「那是孩子的爸，已經躺很久了，都靠我這台針車。」媽媽的口氣好像一台很久沒上油的針車。

家訪結束，董同學陪我走到巷子口，我重重地拍了拍她的肩膀，說：「畢業後讓自己多吃點苦，幾年之後妳就可以幫媽媽一點忙。」

她輕輕地點點頭，那時巷子外面的車毫不留情地呼嘯而過。

回到班上，我刻意跟學生宣導技藝的重要性，並且將自己幻想的理髮師經驗跟他們分享：「我的腰際會有三把刀：剪刀、剃刀、刮鬍刀。開始套上，刷刷刷，天下武功唯快不破！剪完之後，食指套著剪刀轉，幾圈之後收回腰際，像西部牛仔收槍。再將剃刀撥出，越過頭頂，右手伸出食指、拇指，接住，恰恰恰，俐落又迅速。最後拔出刮鬍刀，削！鬢髮應聲落地。」我故意在這時候停住。

看著同學目瞪口呆，我蹦出一句：「人客，五百！」同學們回神後響起一陣鼓噪。

「如果我當理髮師，就是這麼帥！」我挑著眉毛說。

畢業後，董同學選擇建教合作方式完成學業，有次回來找我聊天：「老師，你看我的手，洗一顆頭三十元，還要掃地，很晚才能睡覺。」

「累不累？」我們坐在學務處外面的欄杆上，微風迎面吹來。

「還好，我要把手藝學好！」她神采飛揚的模樣跟那雙手好像是兩回事。

還有個羊咩同學，家訪時只有阿嬤在，住的地方很簡單，客廳就是餐廳，而廚房就是浴室，阿嬤很不好意思地說：「地方很簡陋，沒地方坐，歹勢。」

「拜託一下，阿嬤，看到你我就很高興了，別這麼說。」

看完環境之後，我問羊咩：「平常都在哪裡看書？」

「在這裡。」阿媽指著電視後面的小書桌。

「阿嬤看電視，你看書嗎？」羊咩點點頭，不好意思地笑。

「阿嬤，這樣不行，孩子三年級了，他功課還可以，妳要讓他看書。」

「老師，你都這樣說了，晚上我就不要看電視。」阿嬤笑嘻嘻的回答。

簡單聊過之後，阿嬤跟著學生送我出來，她對我說：「老師，我孫子可以遇到你這樣的老師眞幸運。」

「阿嬤，妳這樣說就對了，我眞正不錯。」我很有自信地比個讚，三個人就在屋簷下笑開了。

家訪確實滿辛苦的，有次晚上十點多才走出學生家門，家長貼心準備的便當還端在手上。如果你問我：「家庭訪問有必要每個都去嗎？」我一定給你一個很肯定的答案：「是的！每個都要去！」

資質好的孩子也需要關心

輔導學生，重點跟時間常放在出了問題的孩子，但是有很多資質好的孩子，一樣有學習的問題。

考試一直是測驗學生的基本標準，同時也是困住學生的枷鎖，很多人在分數的定義下失去自我，甚至迷失方向，即便是功課好的同學也不例外。

小伶這孩子很漂亮，很伶俐，有雙很大很大的眼睛，彷彿可以看穿一切，是個不會被框架束縛的人。有次月考考翻譯，我故意把翻譯的空格弄得很小，同學為了不讓字跑出來，全都寫得很擠。不過她卻不理會格子的問題，直接寫她要寫的，大刺刺的寫成兩段，全都在格子外面。

上課時我當著全班面問她：「為什麼寫得這麼大？」

「格子太小。」她的回答很簡潔。

我笑笑地跟同學說明用意：「很多時候我們覺得事情不合理，卻還是願意遵守，可是如果不跳出框架，怎麼海闊天空？讀書做學問也是，如果不敢挑戰你的老師，怎麼比他強？如果不敢挑戰前人，我們怎麼進步？」

我很欣賞小伶的勇氣，她是全校第一名的常客，有次試考得不好，掉到全校第二名，她若無其事地跟我說：「我那幾天都在看百科全書，所以沒考好。」

我突然覺得她好辛苦，必須背負「聰明」的稱號，所以我不願意再稱讚同學「聰明」，那不但是個枷鎖，更是撒旦的禮物。

聰明的人一定有，但聰明就可以不用努力嗎？不用背負「你很聰明」的壓力，就單純的努力，不好嗎？又如果學生沒有這麼聰明，卻誤信自己很聰明而不努力呢？

常常聽到同學稱讚其他人聰明，這似乎在一定程度上否定了他人的努力，而說的人好像是在表達：「我不夠聰明，所以可以得過且過。」聰明這個形容詞往往輕易地抹煞他人的奮鬥過程，也輕描淡寫地解釋自己不努力的原因。

小伶基測沒考好，連彰女都沒上，我永遠記得基測成績出來後，她在斜坡跟我說的話：「我從一年級到三年級的第一名一點意義都沒有了。不知道是在第一名什麼？」她哭的樣子讓人很心疼，她平常猶如雛菊般的笑容一瞬間凋謝。

我記得有一次她參加校內國語文競賽，她的作文被一個評審老師評為最後一名。我相當不以為然，去找那位男性同仁理論：「不給她第一名我沒意見，但最後一名是什麼？」我有點火氣。

「我看不懂她寫什麼。」同仁直接了當地說。

「是你看不懂，不是她寫不好。」

我想爭取的真的不是名次，而是學生認真所寫的文章，不該有「最後一名」這樣的評分。我自製一張「風花雪月比賽」獎狀送她，獎狀的背景就是她那篇作文。

但面對她這次的問題：「我以前在第一名什麼？」我不知道該怎麼安慰她，我只能像斜坡旁的兩排路樹，靜靜地守在她身邊。我當然有很多話可以勸她，但我希望她自己明白，這世界很多問題是沒有答案的，或者說，沒有標準答案。

另一個學生亮亮，一直被認定可以考上第一志願，他確實一直表現得不錯，但三年級下學期考試愈來愈緊，他也開始感受到壓力。他的哥哥姊姊都上第一志願，他常跟我說：

「老師，我是很有霸氣的。」

亮亮身高很高，國中入學就接近一百八十公分，打籃球在同儕間幾乎沒有對手，加上功課是全校翹楚，成爲學校的風雲人物。

我刻意不在班上誇獎他，我想他需要看到自己的不足之處，才有進步空間。有次打籃球我提醒他上籃的重要性：「你的外線太準，這是你最大的缺點。」

「太準是我的缺點？老師，你在說什麼？」他十分不以爲然。

「因爲準，讓你只有這個武器，跟這些同學打當然沒問題，碰到跟你一般高的對手，你就掛了。」

「去。」他很客氣地發出聲音。

學校有個英文老師，也滿會打球的，身高跟他差不多，我請他跟亮亮打，我們事先串通：「守他的外線就好。」結果，那場球賽赤裸裸地將他不會運球上籃的缺點暴露出來。

「腳長的跟腳短的人，要跳過一公尺寬的距離，誰可以成功？」我問他。

「腳長的。」他答。

「沒錯，腳長的不用訓練，直接就可以跨過，若腳短的持續鍛鍊，一次、兩次、三次⋯

……他也會過去，下回如果要跨過一公尺半的距離，誰會成功？」我又問。

「腳長的，短的好像也會過。」他答。

「腳長的勉勉強強還是可以跨過，腳短的因爲有之前的訓練模式，若他沒放棄，還是可以成功，如果距離變成三公尺呢？腳長的因爲自恃腳長，從來不做訓練，只想靠天賦完成，等到難度超過天賦，又沒有訓練的方式，最後呢？」他很靈敏，知道我要表達什麼，我們的對話都點到爲止。

對他來說課業應該都是手到擒來，有次他數學考得很不好，只有四十幾分，我看他默默地拿著考卷沉思。沒多久他便開始批評考卷出得不好，而且鏗鏘有調。看著他批判的表情，我很難過，因爲他批判得愈激烈，就把自己藏得愈好。

隔天早上，我看他獨自站在辦公室外眺望。學校在半山腰，辦公室外正好居高臨下，沒什麼障礙物。

「你在看什麼？」

「老師，我覺得我沒有霸氣了。」

「怎麼說？」我習慣讓孩子先說說自己的想法。

「這次考得很慘！我的數學……」他輕輕地嘆了一口氣。

「還記得腳長腳短的比喻吧？你到目前為止還是沒拿出讀書的精神。」我們沉默了一陣，他若有所思。

「你應該要看清事實，事實是，你沒你想像中那麼優越，不是你不好，而是若想更好，就要忘記『聰明』這件事，它成了你的阻礙，就跟你的外線一樣，外線投進了當然優雅，但經過對抗將球放進籃框，那才是眞正的進球。」

「你會不會覺得我很沒霸氣？」他無精打采的問。

「霸氣過於血氣方剛，我希望你從霸氣修煉成『霸器』。」

「霸器？」

「對，霸氣太年輕了，好像一定得比人強，但霸器不是，它是胸襟跟度量。」

有次國文小考，他因為解釋的異同跟一位同學產生歧見，於是來問我，我的意見跟那位同學一樣，但他仍舊不願意接受，繼續尋找跟他看法一樣的同志，甚至有意破壞上課秩序，於是我大聲喝斥：「站起來！請你學著在學問面前謙卑一點！」

接著我故意在班上算數學給他們看：「一個班級有一個第一名，假設彰化縣大校小校平均班級數有十班，彰化縣有五十所國中，一個年級的第一名有五百個，國中有三個年級，國中第一名有一千五百個，光彰化縣國中的第一名就有一千五百個，全台有幾個縣市，自己乘看看，第一名有什麼了不起！」

我看到他震驚的表情。

在班上，我刻意不去強調他的好，除非表現超過「他」應該有的樣子，因為稱讚過於理所當然，就顯得意義不足。

這樣的孩子，總有失敗的時候，當他意志消沉，久久無法自拔時，可不能照樣提醒他現實的殘酷。有一回模擬考，他考得很糟，我對他說：「其實你比你想像中的好，你很會演戲、運動神經不錯、會彈琴、彈吉他、有笑點，而且很有天分。」

「眞的嗎？」

「眞的。」

「其實我自己知道。」他故意不表示驚訝。

「最好是這樣。」我笑笑地拍打他，他也笑得很豪邁。

輔導學生，重點跟時間常放在出了問題的孩子，但是有很多資質好的孩子，一樣有學習的問題，他們絕對不是都不需要費心的。

爲學生提供舞台

學生需要舞台，特別是平時沉默的那一群。

接下學務主任的職務後，我發現學生跟學務工作常常是對立的關係，這不對了，學務跟學生應該是伙伴，要一起航向十六歲的海洋，我們應該合作，才能到達彼岸。因此我有了組糾察隊、農耕隊的想法，然後再把既有的車長（本校有校車）、站長訓練好，如果這套系統健全，學生將學會怎麼處理衆人之事，當學校必須介入事端時，不再是直接的師生衝突。

車長、站長制度本校行之有年，只要加強訓練即可，糾察隊則比較棘手，因爲學校沒有這樣的組織，成立糾察隊一定要有明確的目標，而且人選一定要有威嚴，若第一年沒有建立威信，之後一定風雨飄搖。

有了這樣的想法之後，我馬上去找小翰，他功課很好，是學校的「閒人」，升上國中之前大家對他的評價只有「會念書」而已。

「我知道你成績不錯，但是成績不是唯一。」

「嗯！」他簡單地回應，準備聽我接下來要說的話。

「我覺得你格局不夠大，一個人要進步，要有更多面向，而且要坦然接受缺點，我以後會跟你說很多你的缺點，我們先來做一件很帥氣的事情，好不好？」

「什麼事？」他有點興奮。

「我要來弄個糾察隊，希望你來擔任總隊長。」

「好！」他二話不說就答應了。

「這件事情沒人做過，我不希望明年糾察隊就不見了，而是十年之後你們回到這裡，還會記得這件事，我希望以後的二水國中，都有糾察隊的存在。」

「好！」他回答得比兩分鐘前更堅定了。

「從此，你就是我的左右手，是學務處的一員，我希望你隨時注意自己的角色，它可能會限制你，而且可能還會被同學、學弟妹們討厭。」

「這些都沒問題。」

「如果有人說你是『抓耙仔』也沒問題？」我懷疑地看了他一眼。

他沉默了一會兒說：「OK的。」

「千萬記得，我交給你的不是權力，是責任！」說完，我拉開抽屜，把印有「劍道」的臂章拿給他。

他很謹愼地收下臂章，也收下我們對糾察隊的期許。

除了小翰這個第一人選，我還挑了幾個有正義感的，其中有一、兩個學業成績比較不理想。這份名單被質疑過，但我的考量是：這是第一年，一定要做起來，當然可以全挑理想人選，但如果這個團體全由成績好的人主導，那經常聚集在廁所的那一群人絕不會服從，將他們納進來，可以用「正義」限制他們，這個規範遠比校規來得有力道，因爲這些孩子講究的是人跟人之間的關係，不是校規。

剛開始糾察經常有狀況，一日，我在廁所看到糾察隊成員跟學妹正卿卿我我，於是馬上召集他們。

「來，說看看你們出了什麼問題？」

小翰率先發言：「我們當中有人破壞了我們的威信。」

我深深地吸了一口氣，說：「你們做錯什麼，就是我做錯什麼，我希望你們理解這一點，你們是我挑出來的，如果你們不能代表學務處，那受傷的不只是你們，而是我們。你們一定會犯錯，我也容許你們有犯錯的機會，但千萬不要做出可能會毀滅彼此的舉動。把妹我也會，我也年輕過，加入糾察可以出風頭，但你出風頭，有妹把，我們呢？其他人努力建立的威信，就這樣被你毀壞。還記得我將臂章交給你們的時候說了什麼嗎？我給你們的是責任，不是權力。」

這次事件之後，糾察隊漸漸步入正軌，他們是跟著我開疆闢土的一群，我很感謝他們的付出，跟著我一起從無到有，寫下精采的故事。

除了糾察隊，我還有一個特別的編制——農耕隊，我希望在教室裡沒有成就感的孩子能有不同的舞台，所以讓他們維護校園中的花草，讓他們可以消耗精力，再用這件事肯定他們的付出。

學校跑道布滿雜草，要將這些雜草除淨真的需要很大的毅力，護士阿姨曾經跟我說：「以前操場紅的紅、綠的綠，很漂亮。」學校運動會在即，我希望學生能在運動會之前把校園整理好。

第一天開工中午太陽很大，我跟農耕隊說了護士阿姨跟我說的景象，接著高聲地說：「我們一起讓大家有個漂亮的場地舉辦運動會！」

「有辦法嗎？」一位同學的聲音，從人群裡傳過來。

「各位同學，我們可以回去舒舒服服地睡午覺，一個月之後，仍舊看著這片雜草，但也可以在一個月之後，在鮮豔的紅土跑道上賽跑，上面還有白色的跑道線。我們一天三公尺，還有四個禮拜，絕對足夠把操場翻過來！相信我們可以完成！」說完，我的情緒也沸騰起來了。

我教他們使用鋤頭，熟稔之後，他們速度愈來愈快，兩個禮拜之後，好像可以看到紅的紅、綠的綠了。

「好像還差一點點，不然我們星期六再來。」一位同學說。

「好啊！如果你們來，算我一份。我們也來把地整平，那裡太軟，很容易摔跤。」我用拳頭搥搥胸口，然後指向每年都有人跌倒的地方。

最後，我們終於在運動會前完成這份工作！ 我很榮幸可以跟他們一起將操場翻過一遍，因爲他們不只是把操場翻過來，更懷著「要讓所有人有好場地」的心情。

這也讓我發現，學生需要舞台，特別是平時沉默的那一群，學校要想辦法提供機會，讓孩子挑戰自己、證明自己，推翻那些「不可能」。

學校可以像溫馨的家

學校不是監獄，而是一個有人情味的大家庭。

我喜歡和孩子聚在一起，與其說是我陪他們，其實更是他們陪伴著我，我熱愛那種一群人有著向心力的氛圍。

二水國中離市區比較遠，大多數同學搭乘校車上學，早餐往往只能拎到學校吃，所以經常看見他們在早自修期間吃早餐，沒吃完的，第一節下課繼續吃。

早餐該在這樣的情況下進行嗎？我很想讓他們知道，能輕鬆吃早餐的感覺多棒，值得每個人早一點點起床。

我決定弄個「早餐日」，我告訴班上學生：「你們只要早到就好，東西我來準備。」

第一次舉辦的時候是冬天，早上六點多了，天色還灰濛濛的，很多同學在這種情況下騎單車過來，他們一到班上就很興奮地彼此分享看到全校無人的靜默感覺。

我將家裡可以帶的東西都帶來，加上同學自發帶的，大家開始笨手笨腳地做起早餐，我發現他們絕大多數沒有親手做過早餐。我帶來的土司、花生醬、草莓醬、鮪魚罐頭、鮮奶、紅茶包全數告罄，我們好像辦了同樂會似的，還有人放起輕音樂，讓這頓早餐更顯優雅。

那天以後，同學吃早餐的習慣好了一點，而「早餐日」則成為本班的特色。只要學校有活動，大家一定一起吃早餐，即便到了畢業當天。

每次的早餐日，我們班就會變成童話世界裡的小木屋，大家圍在壁爐旁，如家人一般相互依偎。

班級氣氛是營造出來的，所以我擔任學務主任後，也想營造校園氣氛，除了固定的校慶運動會、社團成果展、越野賽跑，我還想加入一些新元素，如教師節感恩活動、青春許願池、校園典範人物選拔。

舉辦新的活動很有壓力，一旦沒有成功，就很難有下一次。學校以前辦過教師節活動，我將活動擴大，在朝會舉行，要求一個班級推出兩個人，一個感謝班導，一個感謝任課老師。

我利用午休期間訓練同學，有些同學顯然很沒自信，於是我對他們說：「同學，你們想要用什麼樣的姿態上台？當你下台的時候想要擁有什麼？這段期間就努力做，你的努力將被全校看見。」

第一次總是緊張的，我也不例外，一早就集合要上台的同學，跟他們打打氣，其實我很希望這時有人可以拍著我的肩膀跟我說：「沒問題的！」

我忙著幫上台的同學翻翻領子、拉拉衣服，我告訴他們：「幾分鐘之後，你們將會爲自己這段時間的付出感到驕傲！」我簡直像是將紅海劈成兩半的摩西，其實自己也在等待奇蹟！

過程中，我仔細地觀察被感恩的老師，他們有的笑瞇瞇，不然就是頭低低地踢操場的草，不讓大家看到他的表情。這是一個雙向的互動，由同學分享老師的辛勞和上課有趣的點滴，如此一來，老師被鼓勵了，學生也被感染了，全校在這樣的氣氛下，很自然地融合在一起。

我拿著麥克風的手一直顫抖，壓抑不住噗通噗通傳來的感動。我好喜歡這樣的校園，我們雖小，但很溫馨。

活動結束之後，我將手中緊握的名單整平，收進口袋，在心裡默默感謝這些學生。今天充滿朝氣、笑聲的朝會，讓我對舉辦下一次活動有了信心。

為了迎接新的一年，我籌畫了「青春許願池」的活動，請各班推派兩名同學上台，分別說說自己班上過去一年發生的事情，和未來要努力的方向。

當同學上台說出自己班上的經歷，大家也重新閱讀那段生活，那是群體的記憶，沒有人可以缺席，於是當同學開始展望，大家也會有志一同，效果遠比老師在台上講「之乎者也」更有感染力。

每次辦這樣的分享活動時，我會讓全校排成馬蹄形，分享的同學站在中心位置，不會有壓迫感。（學校的司令台總是太高了，過於威權。）我喜歡這樣的朝會，輕輕鬆鬆的，不用在司令台上曲高和寡，可以「走下來」和大家在一起，像是一個大家庭。

我也注意到學校的公佈欄上常常有違規、記過、曠課……的訊息，我希望「好的表現」也可以公布出來，讓大家有欣賞、學習的對象，但我又不想用「模範生」這種民國五十七年就有的詞彙，於是我有了「典範同學」的想法。

我跟兩位組長討論，他們給了很棒的建議「SUPER I DO」，這個概念是從歌唱節目來的，而且符合我們想要的元素。得獎者必須是為班上服務的同學，在同學和老師的認證寫下他的服務事蹟，獎項只有一紙認證書，但是只要肯為班上付出，每一個同學都有機會獲獎。

第一次將名單公布出來時，我看著大家圍著布告欄討論的樣子，他們不是在討論誰的功課好，而是關心著這些獲獎同學做過的事情。

曾有個同學跟我說：「我想要得到 SUPER I DO 的認證！」

我鼓勵他好好做，他眞的開始幫忙搬餐桶，爲同學服務，大家都看在眼裡。我想，學生好的表現，比他們犯規的行爲更値得公布，人確實會「見賢思齊」。

這些活動的成功，讓我更有動力籌畫新的活動，營造友善的校園，我希望讓孩子知道，學校不是一個只有校規和考試的地方，學校不是監獄，而是一個有人情味的大家庭。

孩子的第一次，也是唯一的一次

我突然發現：「校外有這麼多關心教育的人！」原來老師手上不是沒有武器的，我有盔甲、盾牌跟劍，我不用赤手空拳。

二水國中的社團運作已久，很有傳統，而且每年六月初都會辦成果展，讓學生可以展現他們一年所學。

第一年擔任學務主任，我將成果展型態做了些改變，改用攤販式呈現，每個攤位都有學生講解，我則擔任導遊，帶家長一攤一攤去看。學生都很認真地準備，希望展現最好的一面給家長看，看到他們這樣，我也跟著緊張起來，我擔心來的人不多。

我的憂慮果然成真，只來了十幾個家長，而且當天麥克風還一再「凸槌」，還好學生準備得宜，沒有被這樣的情況打敗，仍舊完成解說任務，獲得家長的掌聲。

他們努力妝點，做足功課，這是成績單沒有的欄位，很多同學終於可以在分數的戰場外，重新被定義。但我辜負他們了，沒將場地準備好，沒將人帶進來，徹徹底底地把他們的努力付諸東流。

結束前我向他們保證：「明年的社團成果展，我帶你們到市區去！」

爲了這個承諾，我隔年四、五月便開始張羅，這段期間也辛苦了同處室的同仁，尤其是兩位組長，他們也跟著一起投入這次活動的準備工作。

這不是一場煙火秀，我要的不是短暫的燦爛，而是點亮孩子心中的燈塔，希望不管他們以後航行到哪片海洋，這座燈塔都會在他們的心裡亮著。

六月對學務處來說是可怕的月分，成果展緊挨著畢業典禮，兩個大活動需要耗費很多精神，而且這次是別開生面的車站畢業典禮，我們將在山腳的源泉火車站舉辦，除了學校重建沒有場地之故，辦在火車站也爲了結合二水的特色——火車。

這兩個重大活動讓我的壓力很大，成敗關乎一校，如果失敗，我不知道要怎麼面對跟著我一起努力的同仁，和帶著滿滿期待的學生。這些壓力我沒有讓任何人知道，如果我慌了，一起做事的同仁也會沒信心，所以我必須看起來朝氣蓬勃。

畢業典禮前，我特地再到火車站探勘場地，對著空白的場地想像這邊應該放什麼，那邊應該擺什麼，我像一支電線桿，站在火車站前沉思，看著火車進站又出站。

「老師，你哪會來這？」親切的問候叫醒了我，他是家長周先生，住在火車站對面。

「沒啦，來看活動場地，順便想看看當天怎麼進行。」

「要辦什麼？」

「畢業典禮。」

「很有意思喔，有沒有需要什麼幫忙？」他拍了拍我的肩膀，我差點沒癱軟在他身上，露出原形。

「我還需要停車場。」我擠出微笑。

「喔，辛苦辛苦，來，我帶你去個地方。」他領我走進一條巷子，進去後我看見一家三合院，沒想到巷子裡藏著這麼大的「一村」。

「這有夠大嗎？」

「夠大！」我馬上回應。

「這是我叔叔的，你們要辦活動，就來這裡停車，不夠的話那邊也可以停，那也是我叔叔的。」他帶我去拜訪老人家，說明日期和時間，老人家也很高興地答應。

周先生跟我一起走出巷子，巷子內外簡直是兩個不同的空間，剛剛我好像見了「避秦人」似的，不知道該不該做個記號？

「還有，你需要廁所嗎？」他關心地問。

「應該要。」我又點了一次頭。

「來來來，跟我走。」這次他帶我到車站前的一戶住家，向屋主說明學校要辦的活動，並借了廁所，我一樣跟在後面點頭。

「這個是學校老師啦！」周先生向屋主介紹我。

「這樣喔，來喝個茶吧！」屋主熱心地煮水，端上一盤花生。

屋主是個藝術家，室內沒什麼擺設，只有一盞黃燈，黃燈在我們面前跳躍，把我們的影子映在牆上，像一幅壁畫，我真希望可以把這幅畫帶走。

他們兩個人的熱情讓我覺得很溫暖，我突然發現：「校外有這麼多關心教育的人！」

原來老師手上不是沒有武器的，我有盔甲、盾牌跟劍，我不用赤手空拳。

屋主將茶斟滿，我一飲而盡，一連好幾次，好不痛快！

走出屋外，天色已經暗了，我戴上安全帽，不知該往哪個方向走，回家？還是再去看社團成果展場地？

我選擇繼續尋找答案，到成果展場地——家政中心。此時家政中心已經沒有人，我踮著腳尖往透明玻璃內瞧，因爲室內昏暗的關係，我在玻璃上看到自己，我看著他，希望看到什麼，卻只看到空洞，我可以體會阿嬤爲何跑到田裡哭了。阿嬤曾跟我說她想哭會到田裡，在那裡哭沒有人知道，稻田有先人走過的痕跡，給她無形的擁抱。

「楊老師喔？這麼晚了怎麼還來？」一陣爽朗的聲音傳來。

「羅主任，妳不也一樣？」我將家政中心羅主任當大姊，說話很自然。

「你不知道嗎？我就這是麼打拚。」說完她自己也不好意思地笑了。

「羅主任，這二十年，妳是怎麼過來的？」

「唉唷，我跟你講，我們要做事情的人就要不怕，做就對了，想太多就什麼都不用做了。」她來自宜蘭，說話的語調像穿過蘭陽平原的溪。

我們的對話很簡單，我卻能在當中找到答案，此時家政中心外的庭院好像爲了我們關掉了其他聲音，讓我清楚的聽見她的鼓勵。謝謝這位大姊，她讓我又充滿信心。

成果展當天我很緊張，我帶家長一攤一攤去拜訪，看看孩子在成績之外的表現，每個社團都展現了他們努力的成果，深獲家長肯定。我從孩子的眼中可以看到驕傲，也爲他們感到驕傲，過程中的壓力與辛苦已被我抛到雲霄之外！爲了給孩子留下閃亮的青春，再累我都甘願！

畢業典禮也很成功，我們精心幫學生準備一張車票，後面印有：「2013 二水畢業月台」，雖然身爲老師將經歷一次又一次的畢業典禮，但這卻是學生唯一的一次，我希望他們這唯一的一次是罈美酒，愈陳愈香，值得收藏。

在我的孝班畢業前夕，我偷偷做了個鑰匙圈——長方形的小木板，正面是一個家的輪廓，有煙囱、小花園，然後刻上「孝」，背後則標上年分 2008 — 2011 和他們的名字。

畢業當天，我拿起鑰匙圈說：「這是鑰匙圈，而鑰匙我已經打給你們了，那是一把由三年的點點滴滴淬鍊出來的鑰匙，只要你願意，隨時可以拿出來開門，回到我們的家。」

很多學生哭了，我不是故意要他們感傷的，那是我最眞切的心情。這是孝班唯一的國中畢業典禮，對我而言也是。

做不一樣的老師

你覺得老師應該是什麼樣子？

教育理念說尊重孩子的個別差異，有教無類。

那麼老師呢？

老師不是也該有各自的面貌嗎？

這世界需要各式各樣，有理念的老師。

宿舍裡的大男孩

「我看……你一定會吃。」有個學生盯著我看。
「會吃什麼？」我不解地問。
「檳榔啊！沒錯沒錯，你不像老師！」另一個學生大聲笑道。

實習那年，我帶著實現理想的憧憬回到我的故鄉——大埔，大埔國中有遠自阿里山山麓的新美、山美、茶山等地來的原住民學生，也有來自嘉義農場、坪林、埔頂和大埔村本地的學子。學校的學區地幅遼闊，人數卻寥寥無幾，近年來人口大量流失是一大主因，而偏鄉學校缺乏競爭力是另一個重要的因素。許多家長讓孩子離鄉背井、遠赴嘉義市區求學，他們相信外面的競爭力可以提升孩子的實力，因此這所國中不再像十年前一樣人聲鼎沸。

學校的操場跟籃球場因爲司令台重建而換了位置，原本一條龍式的教室也因爲九二一大地震的關係，成了一棟四樓高的雄偉建築。雖然物換星移，我在離開十年後踏上翻新的舊土，卻一點也不覺得陌生，但是走在校園裡，沒有學生認識我，此時不免有「鄉音無改鬢毛催」的感嘆。。

七月有暑期輔導，我擔任一年級的導師，面對這群對國中新鮮人，心裡覺得有趣，因爲我也是第一天上班。

學生很高興能看到新老師，一直問：「老師你有沒有女朋友？」

「我結婚了！」我慢條斯理地說。

這是個大新聞，全班鬧哄哄的。提問的同學緊接著追問：「師母漂不漂亮？」他一副成爲英雄的樣子，而全班屏氣凝神地等著我的答案。

「她死了。」我面無表情地回答。

全班同學一起倒吸一口氣的樣子是很壯觀的。

我接著說：「那天，我跟她約好五點半一起吃晚餐，約好的時間到了，我們不約而同出現在路的兩側，好不容易等到綠燈，我慢慢地穿過斑馬線，她則小跑步過來，一輛闖紅燈的砂石車轉來，就……」

他們很認眞地聽著我編的故事，同時陷入一陣哀痛，幾秒鐘之後才有人醒悟：「老師騙人的吧！」我微笑著，但不給正確答案。

我和學生相處有個原則——不回答私人問題——他們並非眞的關心，只是想知道，甚至當成八卦資訊，所以我繼續保持神祕。

我住在學校宿舍，就在學生宿舍樓下，這棟宿舍和十年前一樣，沒有改建。我隨時可以聽到樓上的腳步聲，知道有人從上鋪跳下來、追逐、嘻笑……，這些聲音好讓人懷念，以前當這裡的住校學生時，我經常因爲這樣被樓下的老師罵，所以總是躡手躡腳。

我走上熟悉的階梯，四間寢室一間一間地探頭看，看我的國中宿舍，我的另一個家。

「唉唷，老師，你要負責任。」沒穿衣服的學生躲在人後。

「那你只能當小三唷。」我故意用蓮花指比了他。

寢室被這麼一鬧，活潑了起來。

「以前我也住這裡，第一天來的時候就有個學長掛在那邊，問我：『學弟，要不要吃檳榔？』」我指著兩間宿舍的交界處說。

「眞的假的？老師，你有吃嗎？」

「怎麼可能，好學生哩！」我故意誇張地指著自己。

想起以前我們常常偷吃同學的東西，我說：「有個學長泡了杯咖啡，就去洗衣服，另一個學長趁機跑來喝，一進門就把杯子舉起來……」學生專注地看著我，但我卻不自覺地停了半晌，我想起我當時就坐在這個位置，往事歷歷在目。

「老師！結果勒？」

「結果，學長馬上吐出來！」

「怎麼了？」

「裡面有隻壁虎！」我的臉皺在一起。

「好噁喔！半夜會不會有壁虎叫聲？」一位學生搓搓手臂問。

「有——可——能——啊！我來說說宿舍鬼故事好了！」我故意把聲音壓得很低沉。

「不要！」大家立刻拒絕。

這個時候，「老師」的身分好像已經不見了，在他們身邊的我是個「學長」。

「我看……你一定會吃。」有個學生盯著我看。

「會吃什麼？」我不解地問。

「檳榔啊！沒錯沒錯，你不像老師！」另一個學生大聲笑道。

叮嚀他們晚上好好休息之後，我走下沒有燈光照亮的樓梯，我好像走在虛無的空間，在一場夢裡，而夢裡的清晰記憶，竟然是十年前的事。

宿舍就是一個大家庭，我懷念那時大家一起洗澡、一起搶菜吃、一起上街買東西的情景。天啊！我居然回到這裡教書了。

我國中時最喜歡掃廁所，記得有次掃除時間看見蟑螂在地上跑，我隨手拿起學弟頭上的帽子迅速一蓋！

「裡面有蟑螂！你要做什麼？」他雖然滿臉苦瓜又驚恐，卻不敢違拗，我在國中時也算一號人物。

「去幫我拿蠟燭來，快！等一下你就知道了。」我示意他快去。

蠟燭拿來之後，我命令他點燃，然後一手拿著蠟燭，一手慢慢掀開帽子，趁蟑螂還沒注意時，用蠟燭滴牠。那時不知哪來的變態想法，這樣凌虐動物。

這些往事像學生寢室的櫥櫃，鎖不住祕密似的，一一竄了出來，通往不同的花園。

我走進我的宿舍之前，在洗手台掬了一把水洗臉。

「來，背給我聽！」眼前突然跑出這一幕，記憶中，她只專注跟前的學生，得了空檔才繼續洗衣服，也不知哪來的手，一聽背得不對，就拿起預藏的藤條往同學的小腿抽。

洗好臉，我刻意不拴緊水龍頭，任水滴滴答答地流著……

看不出師生界線的師生

我喜歡這樣的角色定位，
即便常常有人提醒我「要有老師的樣子」，但我堅持做我自己。

我在大埔國中實習的時候，養成了和學生一起打球的習慣。打著打著，連社區的民眾也加入了，只要接近五點，學生就會問：「今天要不要打球？」這樣的互動很眞實，他們視我爲隊友，場上並肩合作，場下無話不談，無形中拉近師生的距離。我發現一起打球之後，師生關係變得很自然，不再是上與下的階級關係。

有時打完球還會邀他們到我當時的宿舍，他們一開始對「老師的寢室」很恭敬，幾次之後也就隨興了，我們常常一起啃花生厚片。這四坪大的寢室，變成了大男孩的遊樂園，我喜歡這種亦師亦友的氛圍。

不可否認的，學生總會不小心跨過了「亦師亦友」的界線，有一次夜間輔導課就發生了衝突事件。夜間輔導課是「免費」的，聽起來對學生是一大福利，可是有些學生並不這麼認為，他們甚至覺得「老師害我晚上不能看電視」！老師有心奉獻，但學生不領情，那又何必呢？一廂情願的付出很容易澆熄教育熱忱。

那天上課，幾個三年級的學生遲到，我問他們原因。

「誰叫你們不讓我們騎車？」他們竟然意興闌珊地回答。

我很想保持理性，卻無法克制地大聲喝斥：「回去！以後我的課，不想來的就不要來，我沒拜託你們，也沒欠你們。」我的食指直挺挺地指向唯一亮著燈火的校門口。

那天晚上大家被嚇到了，平常我像老大哥似的，他們沒想到我竟然會生氣！事後，我一直反覆思考會不會有更好的處理方式？我知道一定有。

我在二水國中教學組時，剛開始只得放下某些任教班級，起初幾個常找我的學生，經常拿著課本來問：「老師，這裡我都聽不懂，你講一次給我聽。」我回答前會左顧右盼，確定沒人才講解。我想我得試著轉換角色，我不該再是他們的國文老師，我可以與他們討論怎麼面對生活，怎麼調整心情，怎麼準備功課，成為他們的伙伴。

我這裡漸漸變成療養院，有挫折的學生會來；同時也變成公園，有話題想聊的也會來，我的功能更強大、更多元，可以解決他們更多難題。學生指定要我擔任輔導老師的人數，多到需要排隊掛號。有時同學還會幫我接案子，告訴我：「老師，某某同學心情不好，你問他看看，好不好？」

一日，一位平常很樂觀的謝姓同學在走廊沉思，我趕緊去找他談。

「如果有同學跟我借錢，要不要借？」

「要看用途啊，如果他要買遊戲卡就不要借，而且還要看人，有的人可以借，有的人不行。」我沒有問他是誰需要錢，他想說自然會說。

「她要補習沒錢。」

「那個人可靠嗎？」

「她很乖，而且滿認眞的，三年級了，不想停止補習，可是家裡沒錢。」

「她要借多少？」

「兩千！」

「好！沒想到你是眞男人，我出另外一千，不必還。」我比出大拇指。

「什麼?這樣好嗎?拿你的錢?」他下巴差點沒掉下來。

「你都能考慮要借了,我也算個男子漢,沒問題。」

他笑了,這是一種男人跟男人心神交會才有的笑容。

「但是這件事情絕不能讓同學知道喔!」我要他千萬保密。

「沒問題!」他開心地回答。

我們一起眺望二水市區和斗六方向,那時陽光並不刺眼,不過就算刺眼,我們也毫不畏懼,因爲我們同一國,可以互挺。

學生跟我存在著師生的關聯,又似乎打破了師生的界線,我喜歡這樣的角色定位,即便常常有人提醒我「要有老師的樣子」,但我堅持做我自己。

我要緊張的感覺！過關才爽

會緊張表示擔心做不好，做不好表示可以進步，我期待自己愈來愈好。

學校辦成人教育，希望吸引社區成人來學校學些東西，校長問我可不可以上些跟國文、閱讀有關的課程。雖然課程跟國文有關，但對象卻是成人，而且這些人大多是我國中同學的爸爸、媽媽，讓我心裡很掙扎。不過一轉念，我想：這將是一個突破，有免費的經驗可以吸收，校長都不怕我搞砸了！我怕什麼！

我答應之後，深怕自己沒辦法把課上好，不過另一方面卻為自己還會緊張而開心，會緊張表示擔心做不好，做不好表示可以進步，我期待自己愈來愈好。

這次的對象是成人，我準備短篇小說賞析，希望當天可以讓學員享受故事的美，不過題材的準備眞的不好拿捏，學員中有人連注音都抓不準，之前幫忙上成人資訊課電腦操作，曾有學員舉手說找不到「學」這個字，原來他拼成「ㄒㄧˊㄝ」。我忍著沒笑出來，因爲這些長輩都很有心，利用晚上來學習。

終於，我上課的這一天到了，我帶著忐忑的心情面對台下的學員，剛開始連眼睛都不知道該看哪兒，直到看到學員們的眼神，才愈來愈有信心，也愈來愈放得開，語調、手勢、動作慢慢出籠，我沉醉在上課的氛圍裡。

下課後，學員們對我讚譽有加，圍著我一直聊我國中的事情，一位長輩說：「想不到已經回來當老師了，楊老師好！」我很靦腆地笑著，開心地接收他們的讚美。

這堂課之後，我變得更有自信，已經敢面對成人學員，還有什麼不敢面對？一個老師應該要能面對各種狀況，每一堂國文之外的課，都給我很多反省的機會，能從中看到在國文課看不到的盲點，這些盲點會暴露缺點，讓我能改正，然後進步。

國、高中時很喜歡打電動，尤其是大台的街機，因爲口袋裡沒什麼錢，所以玩得很謹慎，深怕一個不注意就掛了。前陣子再去玩，換了幾十個代幣，但破關之後竟然覺得空虛！用代幣堆出來的成果絲毫沒有值得回味之處。緊張的壓力讓我謹慎，因此我喜歡讓我緊張的挑戰，然後在過關之後，大聲爲自己喝采！

愈難應對的愈好

教書是我們專業的一環，不是全部，我們有另一個專業——教育。

通過教師甄試到二水國中報到之前，我從未到過彰化，對彰化的印象是美食節目介紹的肉丸和花卉博覽會，我跟這個地方確實存在一些隔閡，還曾經誤將西螺當成彰化的一個鄉鎮。

教師甄試分發那一天，我拿著一張地圖，在北斗國小禮堂和一群素未謀面的人坐在一起。地圖是臨時在7-11買的，都是我沒看過的地名，我假裝自己是漂泊不定的浪人，帶著寶劍尋找今晚的歸宿，身爲這樣的劍客，凍餒在所難免。

「就是你了！二水國中！」我拿著鉛筆在地圖上正經八百地畫圈圈，那裡有國道三號，還有鐵路，更重要的是，我喜歡她的名字——二水。

報到當天，聽從校長的建議「在林內下交流道，沿著台三線開，過了彰雲大橋看到加油站之後右轉……」後面的訊息我全忘了，右轉後路變小，兩旁多了稻田、甘蔗。稻穗迎風搖曳，綠油油的一片，好像剛齋戒沐浴完，等著我大駕光臨；而甘蔗婀娜多姿，只要一陣輕輕撩撥，自然有股甜甜的髮香飄來。遠方是山，座落在山腳的社區像一群跟著母雞的小毛球，依偎在她溫暖的懷抱，我知道她看到我了，並且偏心地對我微笑，看著她臉上清靈的白色眉毛，我確定我沒有走錯，這裡就是二水！此後，我可以把腳跟扎進田埂，攤開雙手當一個早上的稻草人，或者是一個晚上的路燈；我可以隨便找個石頭坐下，讓飛鳥可以停在肩上，假裝自己是一棵樹。

二水國中位在員集路的一條小岔路上，很容易錯過，轉進來拐個小彎之後，開始爬坡，這個坡彎曲弧度頗大，很容易就讓人開始懷疑「這裡有學校嗎？」即使到了校門口，陡坡還沒停止延伸，好像在鋪陳古老的故事。

一起到學校報到的新老師有七個人，校長要和我們面談，互相寒暄後，大家圍成一圈。

「來說說你們有什麼第二專長吧？」校長用很慢的語調問。

我開始感到緊張，這正是我最不會回答的問題之一，先發言的老師讓我愈聽愈心驚，有人有數學、工藝兩張教師證，有人到過監獄當志工……

「楊老師，你呢？」

「我是專業的國文老師。」回答的時候，斗大的汗珠同時也從額頭滴落……

到二水國中報到後，沒多久我就從軍去了，當兵的生活很精實，有很多時間可以沉澱心情。同連的弟兄有許多人同屬師範體系，我們常常一起討論教學的問題，假設一些不容易處理的情境來激盪腦力，有個喜好哲學的學弟，總是以旁觀的角度切入，點出教師族群自我感覺良好的問題。

「如果教到放牛班可不可以教他們計算防禦率、攻擊力、迴避率，還有武器加成之後的效果？」我問。

大家七嘴八舌地聊起來，但全數走進死胡同，一個兄弟說：「把電玩內容拿來當教材不被批死才怪！」他們轉頭看我，想聽聽我的說法。

「學生都會打電玩，祕笈讀得比課文認眞，如果本意只是想教他認識字，有何不可？但要假設一個前提——學習成就低的孩子。」

大家點頭同意我的說法。

「如果學生拿著課本質疑你教錯了，怎麼辦？」我問。

「再說一次給他聽啊！」大多數人這麼說。

「如果他說：『我爸說的，他台大數學系畢業。』」我又加了一道關卡。

「喔，這很難耶。」數學系的抓抓頭。

「你覺得呢？」同梯推推我。

「如果我教到中文系教授的小孩不是掛了？我還得拿課本去找他釋疑哩，教書是我們專業的一環，不是全部，我們有另一個專業——教育。」我挺起胸膛收尾。

我們甚至談到師生戀，我問：「如果班上有個正妹學生，你們會不會心動，特別想教好她？」這個問題一出來馬上被大家圍毆，一瞬間我就被衆人推倒，壓在地上。

「人面獸心！」大家指著我說。

我調整一下鋼盔，斂斂迷彩服，笑笑地指著另一名同袍說：「那他就是人面獸心，他女朋友是他的家教學生。」

這時「禽獸」、「敗類」的話紛紛出籠。

接著我們討論到，如何在班上建立權威？大家你一言我一語，實在沒個結論，我指著身旁一百八的同梯說：「如果像他這麼高，手勁練強一點，他們鐵定會很尊敬我。」

「那如果像你這種身高呢？」

「簡單！如果寫黑板時同學吵鬧，不用打草驚蛇，選定時機之後，頭往後仰十公分，奮力往黑板撞去，如果沒有流血，就偷偷用點番茄汁，等番茄汁流得滿頭都是，再慢慢轉身，最好不要眨眼，瞪著他們。」聽我說完，大家笑得東倒西歪。

我們假設了很多狀況，不大可能發生的、學校不會談的、大家避諱的問題，愈難應對的愈好，我喜歡這種「盍各言爾志」的風流。

我已經蓄勢待發，而且一直想找志同道合的人一起上山，到偏遠的地方教書。

大家互相砥礪：「不要變成爛老師了！」如果大家可以這麼自我期許，不論到哪裡教書都一樣。

到處都需要有理念的老師。

老師也要是好演員

老師在台上要當個好演員，「演戲」也是我們的工作，能拿捏的角色愈多愈好，要把心境轉換成恰如其分的角色。

我剛剛退伍回到二水國中的工作是專任老師，教三班國文：一班二年級，二班一年級。這三個班級先前由代課老師上課，當我看到學生對他依依不捨的畫面，心想慘了，大家趴著抗議新任班導的畫面浮現腦海，隨著有人在送別時哭了，我甚至可以幻聽到他們眼睛蹦出來的語言：「你竟然趕走我們的國文老師！」

沒多久，有個長髮的女老師來找我，長得挺可愛的，卻面無表情地對我說：「楊老師，我們班國文就麻煩你了，他們跟隔壁班差滿多的，需要鞭策一下。」這位班導師看起來心事重重，而且高深莫測。

「沒問題。」

我心想差很多是平均差五分嗎？這位班導師說完之後，沒多久又來了個女老師，說的差不多，同樣面無表情。我不敢大意，趕緊用新帳號查看一下成績。

竟然是離譜的二十幾分！

我看完之後倒吸一口氣，腦中立刻浮現剛剛兩位班導的表情，突然好想請假回家，我不知道走進教室之後該怎麼跟學生互動，第一句說些什麼好？是該看地板還是天花板？

醜媳婦總是要見公婆，進教室前，我心中忐忑，腳步有點凌亂，突然想起軍中兄弟互相勉勵的話：「別當個爛老師！」腦中浮現當兵時扛著機槍行軍的模樣，這麼一想突然勇氣倍增。

我泰然自若地走進教室，不去在意他們現在的表情，也不把他們跟代課老師的情感考慮進來，我現在是這個班級的國文老師，我有我的規矩。

「起立！」班長發號施令。

「請坐，請坐。我不習慣同學在上課前敬禮，以後可免。我是你們的國文老師，上課只有三個要求：一，請抄筆記；二，請專心上課；三，可以講話，但請在我給的範圍之內。沒問題的話，我們上課。」就這樣，我開始了在二水國中的教書生活。

起初，同學果然排斥我，還好我找了共通的話題——《航海王》——我經常用裡面的劇情解釋課文的意思，也會用《遊戲王》特殊的對話說：「下課了！我現在在檯面上覆蓋一張卡，結束這回合。」

「是魔法卡嗎？」他們好奇地問我。

我語帶威脅地回答：「是陷阱卡！下次上課你們就知道了。」

我也用《火影忍者》的角色與他們對話：「如果你是寧次家族的，那我就會啓動我的血之界線……」

同學不解地問我：「爲什麼是寧次家族？」

「白眼！」

我通常會搭配手勢和豐富的肢體語言，讓課堂熱鬧、輕鬆一點。

我很快就擄獲男同學的心，加上喜歡打籃球，常在球場上跟他們並肩作戰，漸漸地，我們開始自在地聊天。

「你剛來時大家都很討厭你，我們喜歡上一個老師。」

我點點頭表示了解，但不讓他們繼續說下去，我說：「每個老師都有優點，相處久了才會知道，所以，還沒嘗試過的東西，千萬不要一開始就排斥。」

我指指自己問他們：「你們怎麼知道這不是好吃的蛋糕？」這時大家都笑了。

「你比較像飯糰。」不知道哪個同學迸出這句話來，讓氣氛更加和樂。

「老師，其實你剛來時，我們有說要捉弄你。結果還沒弄你，你就發飆了，那次你好兇喔，我們都嚇到了。」有個小鬼神祕兮兮地說。

「知道怕就好。」我笑笑的說。

老師在台上要當個好演員，「演戲」也是我們的工作，能拿捏的角色愈多愈好，要把心境轉換成恰如其分的角色。

上課鐘響，在他們離開前，我刻意提醒他們：「別忘了，等等我就是國文老師了。」

爲了做一件蠢事而滿足

「對了，你的車，垃圾就用你的車載！」一個同學斬釘截鐵地說。

「我的車？我的車除了載你們回家，現在變成垃圾車了啊？我的車播放著〈天使的祈禱〉嗎？」

二水有一條腳踏車車道，傍著集集線火車，穿過農田、水圳，沿途可以看到很多二水鄉農作，是一條貼近二水生活面相的道路，黃昏時還有優美的音樂旋律響起，在這樣的路上騎著腳踏車，好不快活！

這條車道也是同學騎腳踏車來學校的路徑，因爲髒亂情況日益嚴重，有同學提議利用假日時間去撿垃圾。

「老師，我們要去腳踏車車道撿垃圾，你要來嗎？」

「好像不賴喔，好啊，算我一份。」我馬上答應。

「有的人從火車站來，有的從學校這裡出發，相約在裕民路橋集合。」

「沒想到你們都計畫好了，很好很好，那有垃圾袋、掃具嗎？收到裕民路橋之後呢？」

我提出幾個疑問。

「你覺得呢？」

「那麼多人，難道要大家都從家裡帶掃把？掃把從學校借好了，垃圾袋我準備，至於弄好的圾垃，我看就……」最後一個問題我還沒主意。

「對了，你的車，垃圾就用你的車載！」一個同學斬釘截鐵地說。

「我的車？我的車除了載你們回家，現在變成垃圾車了啊？我的車播放著〈天使的祈禱〉嗎？」我說完便哼起旋律，同學聽了都笑成一團。

讓我的車從校車升級成垃圾車，這似乎是唯一的解決辦法。

星期六時間一到，從學校端出發的學生果然都到了，而且沒有人遲到，這令我很驚訝，撿垃圾的活動竟然沒有人遲到！有同學從家裡帶掃把，就綁在腳踏車後面，彷彿隨時可以飛進霍華格茲。

學校帶來的夾子不是很好用，夾沒幾下就不好夾了。

「用手撿吧。」我吆喝著。

「老師，你不怕髒嗎？」

「哈哈！我當兵的時候有次去倒餿水，大大的飯桶不小心掉進半滿的大餿水桶，我和同梯的面面相覷之後，決定挽起袖子，伸進去撈。我清楚地知道我的手正經過什麼菜餚，而且感覺到餿水的溫度，從此，就沒有我的手不敢伸進去的地方了，有的話也還沒碰到！」我看見垃圾，伸手就抓。

沒多久，從學校帶來的三個偌大的黑色垃圾袋就裝滿了，學生同時看向我。

「好好好，我知道。」我很識相地去開車，他們都笑了。

就這樣，我的車開始清運垃圾，但是當清理到車道中途，我們距離停車的地方遠了，所以一大包一大包的垃圾沒辦法運回車上。

「怎麼辦？」這群熱血的青年又提出疑問。

「周伯通，你騎腳踏車跟我來。」他是唯一的三年級同學，我總是這樣叫他。

「你比較習慣放左手，還是放右手？」我們必須只用一手騎車。

「左手。」

「好，等等你騎右邊，我騎左邊，你出左手，我出右手。」同學這才知道我們要怎麼運垃圾。

我們來來回回運了幾次，這是一上車就停不下來的合作關係，如果中途停下來，要讓垃圾再「上手」就相當困難，所以手再痠也不能放，我慢慢感覺手掌附近的關節不再那麼緊實。

不知道撿了多久的垃圾，我們終於抵達裕民路橋，遠遠的已經可以看到那一端同學的影子，一位學生興奮地喊：「你們看，那裡有人！」原本彎著腰的同學全都一起對著遠方揮手，那邊的同學也揮手回應，我們如同發現島嶼的船夫，急著要登島。

我們在橋下休息，五、六包垃圾就躺在旁邊，它們垂頭喪氣，好像打敗仗的敵軍，我們則是勝利的一方。我載著垃圾到垃圾場丟，一路上對著後照鏡微笑，覺得自己好像做了一件蠢事，但卻因爲做了一件蠢事而滿足。

那是很眞實的滿足。

當導師眞的很快樂

我彷彿看到那個剛剛考上高師大的自己，
捲起袖子告訴別人我想到偏遠山區教書，
而且因爲不知教育現場充斥著「分數」，所以大言不慚……

三忠的導師因爲家庭因素介聘，學校同時也有一位國文老師介聘出去，學校決定讓新聘的國文老師兼三忠導師。我本來是這個班級的國文老師，這個訊息讓我很不安，和原本任教的班級說再見，對我來說像是失去了一個小孩！

當這個班的導師並不容易，班上有好幾個好動的學生，曾捉弄班導，拿老師的碗裝水給狗喝，有兩個曾經中輟，社會化程度較同年級深。如果這位新來的老師沒有兩把刷子，要收服他們眞的不容易。對三年級的學生來說，剛來的老師就是「菜」。

我想爭取當三忠的導師，這樣一來就不必離開這群孩子，我擔心他們換了導師又換國文老師，班級會變得很不穩定，都已經三年級了，不該起這麼大的變化。

當時我還在教學組，行政工作量不輕，在這樣的情況下，我有辦法把學生教好嗎？當導師跟當科任老師是完全不同的，跟學生的互動也不一樣，導師可是「住海邊」的，管得可多了，掃地、秩序、同儕互動、班級任務、分配工作……

我得在那名國文老師的職務底定前做好決定，趕快想清楚自己是否有能力做好教學組兼三忠導師。對我來說，行政工作做不完，「加班」就好，長官要的資料努力生產就有，可是當導師不一樣，直接地影響到學生，如果向學校爭取當三忠導師，最後搞砸了，我怎麼交代？那可能關係學生的一輩子啊！他們正在關鍵的三年級，想升高中的學生得專心準備考試，準備升技職的學生則要找到正確的方向。我可以做好他們的導師嗎？

最後我決定放手一搏。

「校長，我覺得應該是我來當三忠導師。」我斬釘截鐵地說。

校長想了很久，問：「這樣你可以嗎？還要身兼教學組工作。」

「這個班級很特別，但很聽我的話，我來當導師，沒問題。」

「讓我再想想。」校長沒有立刻答應，他必須做全校性考量，但不管結果如何，我沒有遺憾，因為我努力爭取過了。走出校長室，腦中浮現前陣子請教他事情的畫面。

那時候，我對於自己的教學方向感到迷惘，到底是要追上別班的分數？還是繼續我的風格，到教室外去找鳥、爬樹？我這麼做到底讓學生得到什麼？可是我又不想成爲「別人」，一旦成爲別人，當老師的理念就不見了，這個世界不需要這麼多同樣的老師。但我又不能證明我的教學法有獨特的成效，班級成績依舊落後隔壁班，所以，我想聽聽在教育現場打拚多年的校長，怎麼維持理念。

「校長，可以叫你一聲學長嗎？我想跟你聊聊。」

校長對我娓娓道來，我喜歡他緩慢的口吻，慢得像首抒情歌。八尺見方的校長室，變成了肥皂箱，讓人可以站在高處，闡明自己的理念。我彷彿看到那個剛剛考上高師大的自己，捲起袖子告訴別人我想到偏遠山區教書，而且因爲不知教育現場充斥著「分數」，所以大言不慚……

「我說這麼多，也不知道你的問題是什麼？有沒有幫助到你？」校長和藹地看著我。

「謝謝學長，謝謝！」我起身跟校長致意。

「若有問題，隨時可以來找我，校長室的門沒在關的。」

那次談話以後，我感覺自己的理念愈來愈清晰，現在我相信，由我來當三忠的導師是最好的安排，我要面對這隻擋在我前方的巨龍，而且砍下牠的頭，粉筆就是我的寶劍。我要用巨龍的頭祭我的三十一歲！人生是一條單行道，我要樹立一些站牌，做些值得紀念的事，今年就來完成這項艱鉅的任務：導師兼教學組！

後來學校同意讓我兼任三忠導師，但人事提醒我相關權益可能受損，包括國民旅遊卡、行政歷練……等等。

「沒關係！」我答得簡潔俐落，彷如結婚時已經聽不進去神父說了什麼誓詞，只想趕緊將戒指套進新娘的無名指，所有的答案都是：「我願意。」

三忠知道導師是我時很亢奮，我卻不敢太過高興，不斷提醒自己這一年將如履薄冰，但我私底下偷偷買了一瓶紅酒慶祝，爲自己這趟非死即傷的獵龍之旅送行。

我針對三忠做過剖析，並找出問題癥結，最後下了結論：一定要在「蜜月期」之前讓班級可以自行運轉。學生對我有期待，也很高興我當了導師，但一個班級不能只靠這種隨時會消失的情感維持，蜜月期就是我的戰鬥期。

以前就知道班上同學一直想要有件班服，但同學意見過於紛歧，最後破局。我決定趕快做好班服，班上的精神圖騰稿子出來後，同學開始討論衣服顏色。

「如果不用這個顏色，我就不要。」一位同學很堅持。

「如果班上只能有一個意見，而那個意見不是妳的，妳願意遵守嗎？妳願意支持嗎？妳有個人堅持很好，但現在需要尊重多數的人的看法，該是妳接受別人想法的時候，我們班不能差妳一個人。」她被說服了，不過仍覺得顏色很醜，只是身爲三忠的一員，她願意穿上她不喜歡的衣服。

接著，我要協助班上選舉「班長」。通常我不喜歡幫學生做決定，但這個班需要一個有能力的同學幫忙我，智皓是最佳人選，他是班上的頭，而且爲人正派，所以我事先詢問他擔任班長的意願，他問：「楊哥，爲什麼找我？」

「你有領袖魅力，這一點，你在班上比我強，所以我需要你幫忙，我們一起把班上搞好，你願意承擔這個責任嗎？」我很誠懇地說。

他答應了，我也在第一次班會時暗助提名作業，使他順利當選。

這一天也是訂定班規的日子。

「第一條班規，三忠。」我說。

「什麼？我們第一條班規是什麼？」全班同學都以爲聽錯了。

「三忠。」我毫不遲疑地再說一次。

「這是什麼鬼啊？『三忠』可以當班規？」下面一陣譁然，顯然以爲我在亂搞。

「那第二條呢？」

「三忠！第三條、第四條，一直到第十條，都是三忠、三忠、三忠，我要你們心中有三忠。如果大家都在掃地，你沒在掃，就是心裡沒有三忠；如果大家都認眞上課，你破壞班上秩序，一樣是心裡沒有三忠，我不容許你們不把三忠放在心上。」我講得義憤塡膺，他們聽得如癡如醉。

下課後，其他班一直好奇楊哥當班導是什麼樣子，紛紛跑來詢問，我們班則神祕又自信地跟其他人炫耀：「我們有新班規。」

「班規我們也有十條，有什麼稀罕的！」

「可是我們的是三忠、三忠、三忠，十條班規都是三忠。」一位同學愈說胸膛愈挺，其他人也過來應和：「沒錯，我們是三忠！」

我站在講台上，看著天花板以及不停轉動的風扇，心想：「這是一個好的開始！我有個自己的班級了。」我自顧自地在講台上為自己喝采。

三忠畢業後，我接下的是一年孝班。這是一個新的開始，我暑假期間便積極思考班級的組織，此次我以「排」為單位，不細分個人工作，要讓他們以團體為考量。全班掃地區域分成六個區塊，值日生工作每排輪值一個星期，工作細目則由排長決定，排長對班長負責，班長對我負責，如此一年之後，班上將有許多當過排長經驗的人，可用的人才會變多，大家會摸索出領導別人時所需要的觀點，被領導時也知道領導人的難處。

掃地區域以排為單位一開始便碰到問題，體衛老師常常向我建議，工作要分清楚，不然不知道誰該負責，但我仍堅持以排為單位，如果沒做好就全排受罰。我希望學生培養團隊工作的概念，而非這是我的，那是他的，人跟人之間總有些不容易釐清的部分，這些部分需要大家互相體諒，互相幫忙。

曾有同學問我：「老師，我們爲什麼要掃地？我們又沒什麼使用操場。」他的問題就是大多數同學的問題。

我告訴他：「如果你進校門口之後可以用飄的飄進座位，完全不落地，而且帶寶特瓶來把自己的尿裝回去，那你就不用整理校園，不然，爲什麼大家要把廁所掃乾淨，把環境整理好，而你不用？」團體中的每個人都有該有服務的精神。

班級座位的安排方式，常常是導師的困擾。我不喜歡幫學生安排座位，因爲不知道誰該跟誰坐，誰又不該跟誰坐在一起，而以成績方式決定座位，好像在霸凌成績不好的同學。以我自己而言，我也喜歡跟談得來的同學比鄰，可以一起討論功課，也可以偷偷聊天。

當然，老師恰當的安排可以排除一些可能發生的問題，不過我喜歡暴露問題，再解決問題，至少問題暴露之後可以讓同學服氣些，知道老師只是幫忙解決問題，不是故意刁難的人。我先做好座位的籤，由同學自己抽，但該排必須按照身高坐，才不會影響上課。

我告訴學生：「若無法有效控制自己的上課情緒，以後位置就由我決定，你可以決定要不要要由我幫你決定座位。」

曾有同學提出疑義：「學校不是應該民主嗎？」意思是他應該可以決定一切。

我回答他：「民主的核心價值不是我想怎樣就怎樣，而是責任，在你完全懂得什麼是民主之前，我們只能讓你決定你可以決定的，不然全班決定不上數學，就不必上了嗎？」

我的班級從來不因換座位而困擾，到國三，我甚至開放讓他們自由換座位，而且實施了兩人並坐的方式，方便他們討論問題。

前文提到，班級經營有蜜月期，當一開始的路走對，除了老師可以慢慢放手讓學生自治這個好處外，同學之間更能因此相處融洽，我的孝班就是這樣的一個班級。

有次午休天氣不熱，而且班上有人感冒，但同學還是開了電風扇，我一進教室就幫他們關掉，並聲明：「不准開！」沒想到晃了一圈回來，電風扇竟然又開了，我很嚴厲地請開電風扇的同學到外面罰站，然後離開班上。

沒想到當我再回到班上，看到出來罰站的竟然是全班同學，我站他們面前問：「不是說開電扇的出來罰站嗎？誰叫你們全部出來的？」

「是我們叫他們開的。」許多同學紛紛表示。

「我有吹到。」一個同學說。

我問一個坐在角落的同學：「你那邊應該吹不到吧？」

「我是孝班的。」那同學不假思索地回答。

這樣的情節好像只在電影看過，沒想到竟然出現在自己的班上。我故意陪全班站了一會兒，才說：「你們的行爲讓我很感動，也很驕傲，但你們要站完。」講這些話的時候，我刻意不讓自己過於激動，但情緒實在很亢奮啊！

那天放學回家，我走近車子，看見擋風玻璃上夾著一張大大的卡片，封面寫著SORRY，裡面寫滿了所有人的道歉。那時天色已經昏暗，但卡片文字卻發亮似的，一二三四……孝班同學一個不少，我的眼前浮現他們一張張笑臉，當導師，眞的讓我很快樂啊！

讀書要認眞，活動也要認眞

要一群人天生就合得來很困難，必須一起經過一些什麼，這樣才能培養出感情。

學生除了認眞上課，認眞準備考試，怎麼面對課後活動？該出幾分力？這一直是很多老師輔導學生和班級經營的困擾。我認爲讀書要認眞，活動也要認眞！青春歲月，只有課本和考試，眞的太可悲了。

二水國中校慶有個傳統——啦啦隊比賽，這個活動很容易讓學生吵架，我接下三忠這班級後，發現他們因爲往年比賽都輸，而且造成糾紛，所以對比賽意興闌珊。

「沒關係，我們來玩，然後加上祕密武器，在音樂開始之前來一段有趣的表演。」我說。

「可以這樣嗎？」同學提出疑問。

「上場就是你們的時間，怎麼不行？只要不拖泥帶水就好，自此之後，我們將帶領學

校的啦啦隊跨進下一個紀元！這是你們的歲月，第幾名的事情很容易遺忘，但在校慶當天展現什麼出來，卻值得一輩子說嘴。」我要大家一起瘋狂地玩一場！

一切都準備妥當之後就差裝備了，爲了一雙紫色手套，學生開始到各班搜刮紫色廣告顏料，然後開始彩繪，「動手做」讓啦啦隊變得更有意思。其他班很好奇我們在做什麼，同學有默契地回答：「這是祕密武器。」大家因爲這件事情玩起興味，班上的關係也不再分崩離析，所以活動不能輕忽，應該全班投入，藉此凝聚向心力。

同樣的過程，每年校慶前都要來一次。我從一年級就開始帶的孝班，同樣必須經歷啦啦隊的準備過程，我這後勤人員是要安定軍心、精神喊話、側錄影片、當智囊團……隨時要跟上他們的進度，適時在他們碰到瓶頸時推一把。

常常看到小老師淚流滿面地說：「不教了，他們都不學。」小老師碰到挫折時都會找好朋友訴苦，此時我會先跟訴苦的對象說：「你聽到的都是情緒性的反應，不代表他眞的這麼想。」

「什麼意思？」同學不解含意。

「有次大雄被朋友們欺負，很生氣，哭著跟小叮噹說：『我要他們全部消失！』小叮噹請他認眞思考，決定了之後就不能改變，大雄點頭肯定，結果朋友全部消失了。第一天他很開心，世界只剩下他，很自在，第二天他開始覺得無聊，第三天便忍不住懷念跟朋友互動的酸甜苦辣，很後悔自己這麼做。」我說了一個故事。

同學還是一臉狐疑，於是我接著解釋：「他的情緒可能今天或明天就結束了，但你若將這些情緒散播出去，其他同學的情緒將綿延不絕，產生更多仇恨。」他點點頭，明白我的意思。

我們班不會因爲啦啦隊的事情分崩離析，反而因爲互動頻繁，感情更好。

孝班國三時，我問他們：「最後一年了，要不要玩大一點，讓自己有個難忘的國中生涯？來個前不見古人，後不見來者，讓啦啦

隊活動再向前邁一大步。」我的聲音愈講愈高亢。

那陣子正好是世界盃足球賽期間，所以我們很快就決定用南非世足的主題曲，充滿非洲風格，男生決定打赤膊，女生則走草裙舞打扮。

校慶運動會是十二月中旬，當天雖是大晴天，但相當冷，我們脫掉上衣之後，所有人直打哆嗦。上場之前，同學們你塗我，我抹你、玩成一片也打成一片，他們就像要一起征戰的英雄，有的拿盾、有的提刀，互相比畫也互相叮嚀。那天我們贏得滿堂彩，有家長告訴我：「這才是啦啦隊比賽！」同學們頂著寒風，為自己完成一項艱鉅的任務，也為自己開創精彩的篇章，我們如秋風掃落葉，打敗其他班級。

後來有人問我：「你怎麼讓你們班同學願意脫掉上衣？國中生都很愛漂亮，有的胖有的瘦，怎麼願意在衆人面前打赤膊？」

這個問題我沒辦法確切回答，眞要說就是「信任」吧，他們信任我，也信任同學可以跟他們並肩作戰，這是一段過程的累積，無法爲外人道也。

一個班級的人數約莫三十人，要這三十個人好好相處需要時間跟過程，要一群人天生就合得來很困難，必須一起經過一些什麼，在哪個不好上的坡伸出援手，在哪件不好做的工作上推一把，或在休息站共享一杯飲料……這樣才能培養出感情。我希望能透過課餘的活動，使同學瞭解彼此。

班遊非要不可

如果「管理班級」跟「經營班級」要花同樣的時間，我的選擇是經營班級，這有趣多了。

「一個學期帶你們出去班遊一次。」一年級時，我這樣承諾孝班。

第一次班遊約大家去爬學校後面的松柏嶺，來的人不多，同學失望地說：「人好少。」

「人多人少並不會影響我們的樂趣啊。」我為他們打氣，不讓他們發現我也有點小失落，只能默默對自己說：「還是有人來，要讓他們覺得開心。」

這條山徑慢慢走差不多四十分鐘，一路蜿蜒曲折，還可以看到猴子，大家看到猴子時相當興奮。

「你們不是二水人嗎？怎會不知道這裡有猴子？」我問。

「知道這裡有啊，但不知道有這麼多。」同學答。

我們在這裡仔細觀察猴子，牠們不但不怕人，還會跟人互動，跳來跳去的相當吸引人，還看見很可愛的小小猴，同學們直說：「要找時間再來。」

經過猴子之後，山路開始變陡，難走的山路變成一趟友情的歷練。到目的地之後，我們一起眺望二水，我說：「你們不知道二水有多美，因爲你們是她的一部分，沒跳脫出來瞧瞧。」只見他們呆呆地望著每天生活的故鄉。

那時還有些雲氣，一塊一塊整齊的田像不織布，田埂則是縫線，我們好像正看著一幅水彩畫，偶爾有列火車駛過，才讓人驚覺不是圖畫！

回去後我將出遊的照片，加上音樂、字幕，公開在班上播放，沒來的同學也被感染了。

第二次班遊我們在學校烤肉，那時其他班很羨慕，我們班也覺得自己很特別，但我特地提醒他們：「不要讓我們開心的活動變成傷害他人的武器。」

原本規畫要在泰山體驗營烤肉，但當天場地居然有很多人在進行攀岩訓練。

「怎麼辦？」一堆人圍著我問，其中有人氣急敗壞地說：「把他們趕走！」

「現在有兩個做法：第一個，書包收一收，肉發一發，回家，然後懊惱爲什麼今天有攀岩訓練；第二個，東西收一收，籃球場集合，用旁邊的石頭砌烤肉架，然後帶一個特別的烤肉記憶回家。你們自己決定。」我大聲地說。

最後同學決定到籃球場去試試，我運用小時候在山上烤肉的經驗，集合各組男生搬石頭，然後幫他們砌一個灶。

沒多久，我們一樣在預定的時間內開始吃烤肉。我看同學臉上一抹土、一抹炭的，相當有趣，他們也互相指著對方笑，剛剛的陰霾一掃而空，還有同學跑來跟我說：「老師，我們這樣才叫烤肉。」確實，一起克服困難的歷程是美好的。

第三次班遊跟隔壁兩班老師一同計畫，我們將搭乘集集線火車，先到集集騎腳踏車、參觀特有生物中心，再到車埕做木工。不巧，出發前幾天都在下雨，當天早上雲層還頗厚，同學臉上沒有要出門的喜悅，一直擔心下雨的問題。

我告訴全班同學：「今天你們同樣有兩個選擇：第一個，不要出去，在學校過平常會過的日子，看著雨淅瀝瀝的，然後咒罵它破壞你的火車之旅；第二個，撐起傘，讓五彩繽紛的傘看起來像春天的花，我們在雨中散步到火車站，或許會淋個落湯雞，但你會永遠記得今天很特別。」

出發前，我要他們做到兩件事情：第一，拍很多照片，玩得開心；第二，選一首班歌，在火車上面唱。

一過濁水站，我們便唱了起來，起初聲音還不是很大，後來愈唱愈開懷，這列火車變成我們的湯瑪士小火車，帶我們回到過去，回到抓蜻蜓的年紀。

到集集後，雨停了，每個人都很感謝老天爺給的方便。

「沒有永遠的雨天，面向陽光，陰影永遠在背後。」我告訴身邊的學生，大家此刻一定都明白這句話的意義。

看他們因爲陽光露臉就這麼開心，我眞的很欣慰，孩子就該這麼天眞爛漫。雖然這些鄉下孩子的課業表現不如都會區的孩子，但城鄉之間並無「差距」，只存在「差異」，多看看他們在課業之外的表現，往往令人滿心歡喜。

我就這樣一次又一次的帶著孩子到校外路線安排、事前探勘、詢價……，活動辦得很辛苦，不過這些活動能使同學對生活有所期待，同時是很重要的班級經營方法，如果「管理班級」跟「經營班級」要花同樣的時間，我的選擇是經營班級，這有趣多了。

把不可能變可能

我知道他們的練習很辛苦，但不能同情他們的處境，如果這些辛苦沒有得到相對應的名次，那將是灰心，與其事後灰心，我寧願看他們現在苦一點。

孝班二年級上學期參與體育嘉年華跳繩比賽，這個比賽項目最難的是要一大群人一起跳，這樣的難度跟幾個人跳差別很大。

「我們只練星期二、三、四。」聽到我這麼宣布，他們都覺得不可思議，認爲應該多練一點，但我仍堅持己見。一旦頻繁練習，同學很快就會疲倦，少練幾天能讓他們保持「飢餓感」，訓練的「量」固然重要，但「質」更重要。

訓練剛開始，我每天都跟兩個甩繩同學研究，如何提高繩子穩定度。我們用的繩是塑膠材質，甩動時打到地板就會反彈，甩繩的人必須相距十五公尺，繩子如果不穩，很容易勾到同學的頭腳。有時我會親自操作，請甩繩的同學注意看繩子運行的軌跡，然後一起研究怎麼讓繩子聽話一點，甚至還在繩子的中心點綁上毛巾，減緩反衝力道。

這樣練習讓甩繩同學的手都長了水泡，他們秀給我看。

「你是男子漢吧，繼續。」我只回了他們這一句話，但我會利用機會跟其他同學說明這兩人的傷勢，讓他們風光一下，因爲那眞的很辛苦。這兩個甩繩的同學，雖然功課都不好，卻很認分、能吃苦，這是練習一開始大家想不到的。

甩繩之外，同學的「跳」也不簡單，大家腳步必須一致。那時比賽規定了兩種跳法，一種是傳統的雙腳同時躍起，另一種是雙腳交錯，原地跑步。

「交錯的步法才帥氣！」一位同學表示，其他人沒意見，我們就決定這種步法。

跳繩比賽的時間是兩分鐘，剛開始同學只能斷斷續續跳三十下，一個月之後，終於可以連續跳三十下，而跳過一百下一直是他們的願望。

一天，我拉著繩子對同學說：「你們看，它就這麼粗一條，比我的小拇指小，你們只要提醒自己，跳高一點點就好，這樣就不會有同學被繩子打到。這是一項團體運動，任何人停下來，我們就會停下來，要相信你的隊友，他們一定跟你一樣，想跳破一百！」

「好！」他們很有氣勢地說。

這一次，他們眞的跳破了一百下，全班歡呼，不可置信。

沒錯，他們是跳過一百下了，卻沒有人知道我動了手腳，讓他們多跳了一分鐘，這是個可愛的謊言。自此，他們一直認爲自己有一百下的實力，而這種想法一旦存在，一百下就不是問題了。

訓練時，同學的腳很容易痠得受不了。

我鼓勵大家：「這是正常的，可以休息一下，但不可能等到完全不痠痛才上，就是要打破痠痛的界線，才能提升肌耐力。」爲了讓他們淡化對痠痛的感受，我利用時間製作他們練習時的影片，他們看影片的時候，我說：「練習確實很累，但變成回憶就是歡樂。」看影片還有個好處，當同學看到彼此跳的樣子，往往引來一陣笑聲，那是大家共同經歷才有的會心一笑。

我知道他們的練習很辛苦，但不能同情他們的處境，如果這些辛苦沒有得到相對應的名次，那將是灰心，與其事後灰心，我寧願看他們現在苦一點。

比賽前，我們的最佳成績是一百八十三下。當他們走進偌大的體育場時，沒有被現場的人群嚇到，反而有信心可以跟在場的所有隊伍一較長短。

最後我們奪得第五名，不過令人開心的不只是第五名的榮耀，而是「步伐好奇特」的讚嘆聲，所有隊伍只有我們班這麼跳，可說是獨「步」武林。

從原本的三十下到一百八十三下，學生相信，只要努力就可以把不可能變可能，老師有責任讓學生發現自己有無窮的潛力。

全校玩得最瘋的班級

「老師，我們卡拉OK唱這首好不好？」

「〈舞女〉！這好嗎？」我看著這兩個大男孩。

「老師，我們今年還是要做班服。」

「你們決定好了？」我不幫忙決定事情，只負責後勤。

我擔心錢的問題，班服一件兩百，有些家庭會有壓力，剛好今年農會邀請學校一起辦園遊會，他們提供水果和彩繪機會給學生，製作一個有獎金六百元，我將這個訊息告訴同學：「我們用獎金當園遊會的本錢，然後在園遊會賺一件班服。」

我們決定彩繪十組，先將全班分成六組，有些熱心的同學自己願意再做一組，再加上家裡的大師幫忙，十組就達成了。不過，有些同學遲遲找不到點子。

「來做火車吧！這是二水鄉的活動，火車就是二水的特色，再說……」我神祕地笑著，同學看到我神祕的樣子興致就來了。

「什麼啦？」有的人已經沒有耐心。
「火車可以有好多『節』喔。」我竊笑。
「老師，你好賊喔。」
就這樣，我們有六千元當資本，同學開始規畫園遊會要賣的東西。
「來賣新鮮果汁。」有人提議。
「木瓜牛奶也很好。」又有人說。
「那要賣多少？」我問。
「二十五元差不多。沒錯，二十五元我才會買。」
他們成了一個個顧客。
明明知道這樣賺不了錢，但我不想干預他們，我希望他們開心就好。
當天晚上，我緊急到大賣場買鮮奶，不敢買太多，怕最後拿回家當牛奶浴。結果，是我多慮了，帶來

的十罐鮮奶全數用罄，還跑到二水街上補貨。木瓜牛奶賣得很好！我們班是生意最好的一個攤位。

「老師，又沒有牛奶了。」鄉下地方的鮮奶不多，有的商店甚至沒賣！我來來回回地買牛奶，但看著他們開心地玩著榨果汁的遊戲，我再累也甘願了。

我的班，常常是全校玩得最瘋的班級，校內卡拉OK比賽也讓我難忘。這比賽是學校傳統的期末大戲，也是國三畢業前最後的一個活動，考完基測，大家心情都輕鬆，熱烈地討論怎麼玩。

比賽前，小泰和豪哥問我：「老師，我們卡拉OK唱這首好不好？」

「〈舞女〉！這好嗎？」我看著這兩個大男孩。

「好啦，沒問題，絕對很好玩。老師，啊你要不要一起？男生那天都要穿裙子。」他們興致高昂。

我心想，班上其他男生怎麼可能願意？

沒想到他們登高一呼，全班竟然都熱血起來，連黑黑胖胖的大禹也起鬨，我實在很難想像他穿裙子的樣子。

「我們要當全校玩得最瘋的班級！」豪哥在講台宣示，但是卻對著我講，好像在跟同學釋放什麼不良意圖。

結果女生會意了，不停地說：「老師你也來啦。」

我沒被感染，像是地球上唯一擁有抗體的人，不過我同意上場跟他們站在一起。

全班男生都穿裙子的畫面是很震撼的，尤其幾個大水桶在台上搖，好像水隨時都可能溢出來，其中不乏手腳不協調的，而我就在他們圍成的大圈圈裡，跟著他們不協調地擺動。但說也奇怪，所有的不協調卻成了奇妙的和諧，學生和我沉浸在歡樂的氣氛裡。

這是我的孝班，給我很多歡樂的「笑」班。

無法忘記的你

我想記錄曾有的感動心情，
伏案燈下，振筆疾書，
每一張臉孔歷歷在目。
是我該自豪記憶力過人？還是你們給我的回憶過於深刻？

煙霧裡，迷惘的眼淚

你們以後也會成爲人父，要記得現在的心情，
你們剛剛正在做讓自己小孩傷心的事情。

一日放學，我獨自在圖書館整理書籍，突然聽到窗外細細的說話聲音，走近，看到兩個學生在抽菸。

「阿湯、小潘，你們在做什麼？」我刻意用低沉的音調說話。

他們沒想到此時圖書館還有人，驚慌失措地趕緊把菸丟了，轉頭看到是我，臉色才稍稍回復。

「老師，拜託你，別跟老師說好嗎？」

「我也是老師啊！」我故意申明自己的身分。

「你不一樣，你比較好。」他們求情似的說。

「好，不過你們得告訴我爲什麼抽菸。」

已經放學了，我想先拋開學校的規定，如果我將這件事情呈報上去，對他們抽菸的習慣應該沒什麼幫助，先好好談談，搞不好可以幫助他們。

我從圖書館的窗戶跳出去。

他們不知道是沒看過老師跳窗戶，還是覺得我的技術很好，兩個人都瞪大了眼睛、張大了嘴看著我。

「喔！老師，身手不錯唷。」阿湯說。

小潘吃驚的問：「老師也會跳窗戶？」

我走過去先「巴」了他們的頭，然後說：「不然你們以爲老師只喝露水嗎？我以前上課也會打瞌睡哩。」

接著，我攀著他們的肩，跳了起來，他們比我高半顆頭，被這麼一壓，馬上清楚我的動機，三個人同時坐在地上。我們經常在下課後一起打籃球，有一定的默契。

我先問他們畢業以後有沒有什麼想做的事情，結果已經是國三的兩個人，還不知道要升學還是就業，這實在很可怕。我想引導他們思考，便先問問他們的家庭狀況。

阿湯的媽媽很早就離開他了，他說：「我要讓爺爺奶奶過好一點的日子。」他的孝心讓我很感動，其中也有詫異的成分，因爲他竟然沒有提到爸爸，隨後他的談話給了我答案。

「我恨我爸爸，就是因爲他，我媽媽才離開我的，而且他常常打我。」他說到傷心處，眼淚撲簌簌地流下，小潘受到他影響，也難過地哭了起來。

看到他們倆哭成這樣，我很驚訝，他們是學校的田徑選手，身強體壯，一向是令同學害怕的人物。

等到他們的心情平復後，我對他們說：「你們以後也會成爲人父，要記得現在的心情，你們剛剛正在做讓自己小孩傷心的事情。」

聽完我的話，他們說會努力戒菸，以後也絕不喝酒。

我知道這些話也許不會成眞，不過不代表他們現在說的話是騙人的。當椰子樹的影子被夕陽拉長後，我們以樹枝在地上寫下承諾，那一幕，永遠留在我的心中。

打一場網咖

提升現實生活中的等級，這樣才可以打更高級的怪，穿更好的鎧甲。

一年級陳姓學生多次遭受父親責罵，後來開始逃家，只要父親生氣，他立刻逃之夭夭，以免遭受皮肉之苦。校長請我到校長室，說了學生的情況，問我學生上課時的情緒表現，並且請我到學生家裡去了解狀況，帶學生回家。

去他家跟父母談完之後，我到網咖去找孩子。他剛好從網咖走出來，以爲和我只是巧遇，所以告訴我正要回家幫忙顧店，我沒有拆穿他的謊言。那時正下著小雨，我提議載他回家，他拒絕了，我們在雨中談心，最後索性連傘都收了。

「你爸媽很擔心你。」他聽完後眼淚嘩啦嘩啦地流下來。

「我不回家，我要在外面過一夜才回去。」他堅定地搖搖頭。

我岔開話題，聊聊他感興趣的電動。

「老師，你又不知道遊戲。」他有點不屑。

「你不相信？我可是很厲害的！不然我們去打一場！不過你得先吃點東西。」

玩完戰爭遊戲後，我再提帶他回家的事，這一次他沒有拒絕，我沿途順便跟他談自己玩電玩的經驗，我告訴他：「不要玩太多，很浪費時間。」

「會嗎？你這麼厲害，不是花很多時間打嗎？」他不解地問。

「我願意拿這些時間來環島，開拓視野，或多讀一點書，提升現實生活中的等級，這樣才可以打更高級的怪，穿更好的鎧甲。」

他點點頭表示理解。

「不能跟別人說我帶你去網咖，不然你就……」我輕輕地往他頭上敲下去。

回到家，學生先上樓，父親跟我談了一下，這時，我瞄到學生在樓梯偷聽，所以設計了一些問題讓父親回答，讓他知道其實老爸打、罵他都是爲他好，也讓父親在不知情的狀況下，對孩子說了抱歉。

我很高興自己完成了這次的任務，提昇了自己的「等級」。

謝謝二人組

「難道要放任自己永遠處理不了學生的問題？」我不斷反問自己。

剛開始教書，班上有兩個謝姓女同學，感情很好，她們都有霸王色霸氣，我這雜魚老師經常被她們震暈。她們在班上很有影響力，甚至串聯不交作業。我有一陣子進教室只敢看天花板，不敢正視她們，不知道眼神交會的瞬間該怎麼應對，只好選擇逃避，一碰到她們的問題就轉彎。

我怎麼想都不對，一直告訴自己「我才是課堂上的老大」、「不該孬到只敢看天花板、地板跟黑板」。但知道是一回事，怎麼做又是另一回事，每次走出教室，總是因爲自己又逃避而灰心。

「難道要放任自己永遠處理不了學生的問題？」我不斷反問自己，也一再得到「要提升自己的能力，讓自己可以妥善處理」的答案。

有次課上得還滿順手的，我順勢將眼神往她們身上掃過去，但每靠近一步就不自覺地想躲開，好像知道自己即將踩到地雷，全身上下的神經系統都在提醒自己：「危險！」但我不想繼續這樣下去，一定要做個了結，有什麼後果，明天再說。

我硬是撐著眼皮，不讓那個瞬間被眨眼壞了好事，眼皮不眨之後，眼球跟空氣接觸太久，好像有什麼東西快要從瞳孔濺射出來，是冷箭嗎？還是火球？

結果，什麼都沒有。

她們的眼神跟旁人差不多，瞬間，我彷彿躺在柔軟的草皮上，裹著春陽，而預期的大雨是天氣預報的錯誤。

戰勝自己的恐懼後，我注意到這兩個女孩很在意習作的分數，果不其然，她們來問我：「老師，我怎樣才能拿到九十五分？」

以我的標準來看，這個九十五分是五級分的意思，九不是十位數字，只是個符號，個位數字才是眞正的分數。我會這樣打分數源起於大學時期的打工經驗，有個小朋友跑來跟我要分數。

「老師，我這裡應該可以對，不該是九十九分。」他皺著眉頭。

「差一分有差嗎？」

「差很多！」

「好。」我邊說邊將分數塗掉，重新給分數，他看我打上他想要的一跟三個零，然後開心地離開我的座位，但沒多久他又回來了。

「老師，這個分數也不對，多了一個零。」他又皺起眉頭。

「你不是要分數嗎？我給你一千分夠多了吧。」

「沒有一千分的啦！」他跳著腳苦笑。

「同學，在我眼中九十九分跟一百分一樣厲害，如果你堅持要分數，我多給你一萬分也沒問題，不過，你得知道，那個地方不能算對。」他摸摸鼻子回去。

我知道學生喜歡分數，這不能怪他們，從小便被灌輸一百分無敵的觀念，當然覺得分數重要，因此我希望藉由好看的分數讓學生以爲自己寫得不錯，將比馬龍效應擴散。（比馬龍效應，又稱自我應驗預言，指一個人對他人的期望，往往能使被期望的人實現自我。）一份作業給學生六十九分跟八十九分，只是符號上的認知而已，我不希望在分數上爲難學生，但會做出鑑別度，所以以作文的六級分來區隔作業的良窳。

我開始在謝謝二人組的習作上下功夫，不只是給分數，也給一些評語，例如：「妳的字很好看，很清秀。」她們愈寫愈用心，連帶的作文也愈寫愈好，其中一位同學將作文寫成小品詩，那首小品詩很棒，我給她四級分並跟她說：「如果不是寫作文，這首小品詩可以拿到五級分的高分，不過作文畢竟是作文，必須以散文形式書寫……」但她似乎只聽到「可以拿到五級分」的稱讚，所以雀躍不已，爾後常拿小品詩來讓我鑑定。

有天下了大雨，她們央求我開車載她們回去，我那時才剛開車半年左右，對許多田間小路其實不大有自信，其中一人的家在蜿蜒小路之間，我一個不小心轉進死巷，花了很多時間才後退出來，她們沒有埋怨，反而替我加油。好不容易到家之後，她們說的謝謝裡多了一份患難之情。

我們之間緊張的情況改善，不再劍拔弩張，我也從這裡發現很多學生的情緒是老師自己想出來的，這也是一種「相由心生」，對學生的刻板印象是由老師的心魔產生的。

在課堂上睡覺的孩子

「老師，我不會。」他靦腆地拒絕回答。
「這題你一定會！」我堅定地向他保證。

班級學生的程度差異，往往有M型化的特徵，有很激進的學生，也有上課從來沒醒著的同學，這樣的感受在二年級以上的班級特別強烈。另外，如果學生不喜歡你，一年級時只是會消極抵制，但二年級學生則是直接挑戰老師。面對這些挑戰得想辦法四兩撥千金，盡量不要直接衝突，我總是點到爲止，不讓伶牙俐齒的學生討到便宜，也不會讓他們過於難堪。

班上總有些同學一直被安排在邊邊角角的位置，一個羅姓同學的位置在布告欄旁邊，總是趴著睡覺，我希望他聽課，因此跟他協議：「如果眞的很無聊，你再趴著睡，我絕對不會干擾你。」

他同意我的提議，但立刻向我表示：「不過我不大會寫作業。」

事後，我拿了一本筆跡工整的作業簿給他，告訴他：「這本給你參考，記得跟這位同學說聲謝謝。」我已經跟這位同學打過招呼，他願意提供這樣的幫忙。

之後上課，這個同學絕大多數時間是醒著的，而且能按照要求做筆記。

接著我想請他回答問題，不希望他身在教室，心卻總是在課堂之外，每次問問題他總是搖頭，答案永遠是：「老師，我不會。」

有次問完幾個同學問題之後，我靈機一動：「羅同學，我等一下要問你一個問題。」

「老師，我不會。」他靦腆地拒絕回答。

「這題你一定會！」我堅定地向他保證。

「你問別人啦。」

「如果會，你願意回答嗎？」他輕輕地點頭。

「好，那這題是你的了。」

「老師，你要問他一加一等於多少嗎？」有同學忍不住問。

我沒被同學的聲音拉走，看著羅姓同學問：「司馬遷是什麼時代的人？」

同學一聽到是正經問題，不約而同「哦——」了一聲。

「答案是一、二還是三？」

他想了想：「二！」

「答對了，二是漢朝。」

我走下去握握他的手，他很不好意思地笑著，不知道自己怎麼答對的。這時機靈的同學開始竊笑，有的同學不知所以地問：「他怎麼答對的？一和三答案是什麼？」

「一是周，三是唐。這個同學反應太快了，只給選項就可以答對，可見他是有天賦的。」

我不假思索地回應，讓答案和選項像經過嚴密結合。

我的話是對著全班同學說的，可是我的眼睛卻沒離開過他。此刻，我看見他的眼睛迸射出以往沒有的光彩。

我的幫派

我幫他們在火堆裡添樹枝，因爲天氣很冷，所以我們靠得很近，火嗶嗶剝剝地在我們面前躍動，而那些被我們丟進火堆的話題很耐燒。

「老師，要不要加入我們幫派？」石同學問我。

「要一起討債嗎？我不做壞事的喔。」

「沒有啦，我們看你滿有天分的，想邀你加入。」這幾個同學一起微微抬起下巴。

「謝謝你們看得起喔，沒天分還不能加入哩。爲什麼叫偃月幫？好像武俠小說喔，要行俠仗義嗎？」我不解地問。

「不是啦，是『衍岳幫』，就衍秀跟明岳啊。」石同學一邊回答，一邊笑著。

就這樣，我加入了這個幫派，其實我這個榮譽主席沒什麼事做，只是跟大家閒扯淡，有這個「幫」的連結在，讓我和他們的關係更緊密些。我看這些學生平常除了準備基測，悶著也慌，利用幫會時間讓他們暫時拋開課業束縛是很好的辦法，他們天馬行空的話題裡總藏著對未來的期待，並藉由打鬧的方式互相加油。

明岳的媽媽是學校會計主任，她跟我說：「楊老師，謝謝你經常跟明岳聊天。」明岳在家幾乎不跟她談論學校的事，我會適時透露一些訊息讓她安心。

其實，我充其量只是個有邀請函的旁觀者，來聽他們闡述自己未來的方向。

有時我也自問：「我的呢？我的未來呢？就停在這裡了嗎？」

當這樣思考起來，我就不只是個旁聽的人，在年輕的生命裡，我總能感受到活力、熱情，並且重新發現生命的溫度。

他們畢業前，我最後一次開車載他們出遊，故意繞到名間，從名間開上松柏嶺。那時四點多了，陽光燦爛卻不刺眼，嶺上的茶園被光芒籠罩，有種不可名狀的輝煌。他們趴在車窗上，風一陣陣踏過髮線，我從後照鏡可以清楚看到他們瞇著眼，額頭上多了一壟一壟的土，好像才剛耕種過。

「這麼好的地方怎麼沒有早點分享？太不夠意思囉。」石同學的口吻很像朋友。

「就是因為太好了，所以才在這時候端出來啊，這樣你們才會懷念。」

我們下車緩緩走下山坡，在這裡眺望高鐵和彰化平原。當眼前一片開闊，他們不約而同吶喊了起來，我沒打擾他們，讓他們跟自己的國中生活做個了結。我們都需要一點平靜的空檔，咀嚼腳下的平原，各自找好臨風的位置後，我們像八卦山上的鷹，睥睨地盤旋，一圈又一圈。

這個幫派持續運作，今年春假大伙兒才聚在一起吃火鍋，聽他們暢談未來的具體規畫，讓我不禁也對明天有了期待，人確實應該一直懷抱憧憬，因爲生命不會停下腳步。

除了衍岳幫，我還被邀請加入了另外一個幫——籤幫，這是個跨班級的團體，推舉家裡開牙籤工廠的同學爲幫主，因此稱爲籤幫。

有一天我心情不好，幫裡不知道誰得知了，竟然邀集所有人，煞有介事地利用午餐時間叫我到司令台。

當我到了司令台，所有人立刻列隊，排成兩行，幫主在國父遺像下面高喊：「敬禮。」這個動作讓我嚇了一跳，實在不知道他們要做什麼。

不久，他們遞上一張紙，那張紙攤得很開，像運動會的會旗般進了場。交到我手上以後，我定睛一看，原來是「隨堂練習紙」，裡面寫了幫裡所有人為我打氣的話，希望我振作精神。那張紙上的筆跡有的歪斜、有的抖動、有的用鉛筆、有的用原子筆，可見是他們是臨時起意寫的，還有人在紙的左上角貼了顆巧克力。

幫裡同學三年級時，跨年那天，他們約好要在學校一起過，邀我參加，我基於學校老師立場，不能明說要參加，只能神祕地說：「那天看晚自習，可能會路過，如果發現妖氣，就過來看看有無異狀，不知道會不會碰巧看到你們。」

他們聽到我這麼說，開始指指點點，笑著說：「又在假了。」

其實這種情況真的很尷尬，我很怕他們玩過火，燒了學校怎麼辦？如果有人出意外怎麼辦？心裡有很多「怎麼辦」，該去還是不該去？兩個答案一直在我心裡拉扯。

我實在不放心他們，所以看完晚自習還是繞了過來，他們看到我歡呼了一陣，然後開始一句接一句……

「你是學校老師吧。」

「帶學生來學校跨年啊！」

「這個老師不錯喔。」

大家笑成一團，我想既然來了就好好陪陪他們，至少不必瞎操心了。

我們先去夜遊，繞了後山一大圈，沿途我說了些國中發生的趣事。大家請小軒當布穀鳥，隨時撥打一一七，讓大夥兒不擔心錯過跨年倒數。

「這是國中最後一次跨年了。」小睿說出大家心聲，不過他們很快就忘記「最後一次跨年」的失落，因爲小軒的報時已經愈來愈接近新年了。

我們趕緊回到操場，把等等要施放的煙火圍成一圈，準備好以後，我們也圍成一圈，然後背對著彼此開始倒數：「五、四、三、二、一，新年快樂！」

煙火一次次升上天空，引領我們走向浩瀚銀河，看著燦爛的煙花綻放，感動無限，這份感動把我們緊緊地連結在一起。

放完煙火，他們帶我去看帳篷。

「什麼！搭在校長車庫裡！如果被知道我就不用混了。」我心裡想。

「楊哥，跟我們一起睡啦。」他們央求我。

「去找些小樹枝來，我們來圍爐。」我心裡雖然還在擔心，把帳篷搭在校長車庫可能造成困擾，但看這些孩子這麼開心，實在不忍心破壞他們的計畫。

我幫他們在火堆裡添樹枝，因爲天氣很冷，所以我們靠得很近，火嗶嗶剝剝地在我們面前躍動，而那些被我們丟進火堆的話題很耐燒，把大伙兒的臉頰烤得溫熱，也將我們的故事燒出了味兒，那是一綑檀香，香味細長而綿密，化成灰的餘燼緩緩升空，到達一定高度之後，便會慢慢沉澱，我們埋進去的種子，將在其中發芽滋長。我心中對自己來和他們跨年的選擇感到欣慰。

這幫學生畢業典禮之後，還忙著考基測，有人提議舉辦一次幫遊，我規畫搭火車和公車，帶他們到臺中的東海大學、中興大學看看，希望讓他們對大學有個憧憬。

我在公車上面介紹：「從這裡開始就是東海大學。」

「大學這麼大啊！」有人驚訝地說。

「沒錯，裡面還有公車、書局、便利商店……所以囉，認眞讀書，幫自己選一所喜歡的大學。」我說。

下車之後，我們沿著校門口走到圖書館，有人大聲的問：「好大喔！很多書吧？」這個問題差點讓我笑了出來，不過這不能怪他們，他們看過最大的圖書館大概是墊腳石吧！

「大學的圖書館可不是開玩笑的……」我將第一次踏進東海圖書館而覺得自己渺小的經驗跟他們分享。

我們慢慢從文理大道走下來，這時大家發現了「時空膠囊」。

「腳拿來，快點快點！」大家忙著將腳排成一個圈圈，然後在快門的見證之下定格。接下來，我們出發前往中興大學，在那裡，我們一人拿出一個一元硬幣，然後選定一個地點埋好，相約十年以後來挖出我們的寶物。

現在這一幫孩子都已經大學二年級了，我們仍然維持不錯的聯繫，經常相約一起打球、吃飯。

偶爾感受年輕人的生命力會讓人湧現豎起海賊旗的冒險精神，這是我步入穩定生活之後最欠缺的，卻總是輕易地被這些孩子的熱情感染起來。

來！丟我的鞋子

他接下獎狀，然後緩緩地說：「我從來沒有得過獎狀。」
我心裡一沉，原來我剛剛給他的，是他人生中第一張獎狀。

小諭當過我的小老師，這個孩子認眞負責也很有膽識。他一年級時，我鼓勵他參加演講比賽，他問我可不可以穿西裝打領帶上台。

「可以啊！上了台就是你的時間，你可以掌握一切。」

當天他果然讓所有評審老師印象深刻，據說他還用力拍了講台，害所有評審嚇了一跳。最後，他當然沒有獲得名次，但我爲了鼓勵他，特地自己印了張「胡說八道」獎狀，頒發給他。

他接下獎狀，然後緩緩地說：「我從來沒有得過獎狀。」

我心裡一沉，原來我剛剛給他的，是他人生中第一張獎狀。

小諭是個很眞的孩子，有一天一個人坐在階梯上，我過去坐在他旁邊問：「怎麼了？」他只說心情不好。

我沒多問，脫下鞋子遞給他：「給你丟。」

「眞的？」這個舉動似乎讓他很意外。

「眞的，奮力丟出去之後，會有種很爽的感覺！」

「那我就不客氣囉。」他睜大眼睛，表情很誇張。

我將右手伸直，一副「請便」的樣子。

「去死吧！」他一邊大喊一邊用力地丟出鞋子。

我陪著他一起看著那個拋物線，鞋子幾秒之後才墜落。

「沒騙你吧！」

「滿爽的，另外一隻再給我。」他意猶未盡。

「用你自己的！你自己也有。」我指著他的腳。

「不然你丟我的，我丟你的，丟別人的感覺比較好。」

他這麼說也挺有道理的，我的興致來了，向他提議：「不然來比賽。」幾個同學看到我們在玩也過來湊熱鬧，搞得操場躺了好幾隻鞋。

小諭求學的路並不順遂，但可貴的是他不怕吃苦，國中畢業之後做過火鍋店、素食餐廳、TOYOTA 業務的工作，最特別的是到禮儀社上班。

他從搬運、清洗棺材開始做，到最後克服恐懼接觸屍體、在殯儀館過夜。他剛開始得在殯儀館過夜的時候，不太敢自己去，曾約我：「楊哥，跟我一起去睡覺，我分一半的錢給你。」

前陣子，我們約在涼亭吃早餐，他跟我說他現在的收入，我佩服他也心疼他，一個二十歲不到的人卻已經經歷這麼多。

他有個不負責任的父親，會伸手向他要錢；母親因爲經濟壓力大，精神狀況不穩定，有次載他到學校，因爲意見不合把他丟在半路，他邊走邊哭，走了好久才到學校。我們甚至聊到，他前陣子才歷經的不倫之戀和事業頹敗。

忘了哪一天，他曾爲我帶來一籠小籠包，然後我們坐看夕陽，當時襲來的晚風有種滄桑的餘味，那是經歷過旭日和烈陽才有的溫度。

小諭，請繼續加油！如果你還想丟我的鞋子，隨時歡迎。

我有自己的課表

台灣的升學管道一路暢通，卻有高達七成的人不喜歡自己選的科系，更遑論喜歡未來的生活了，他們也許做了決定，卻不曾認眞思考過爲什麼這麼選擇。

三年級的學生大仁一派斯文，是我的國文小老師，他一直希望有張自己的課表。他曾經很緊張地跑來跟我說他有宗教信仰，升旗不能敬禮。

「沒問題啊，這是小事。」我不在乎地說。

「那就是可以囉？我還以爲你會說不行！」他似乎鬆了一口氣。

「爲什麼不行？」

「如果其他同學也想這樣呢？」這可能是他碰過的問題。

除了升旗問題之外，他還央求不參加星期六的輔導課，因爲星期六他必須參加集會，這個我也答應他了，不過附上了但書：「請你把該做的事情做好，畢竟我也得兼顧其他同學的想法，如果你可以做好分內的事，我們的約定會更加順利。」

他不只星期六要參加集會，每個星期還有兩天晚上要去聚會場所，所以他能運用的課餘時間遠比其他同學少。以學校規模來看，他的成績算很不錯的，不過我選擇尊重他的價值判斷，不硬逼他成爲學校「榮譽榜」上的招生宣傳。

他曾喜孜孜地告訴我長大後要當傳教士，到各國去遊歷，他這樣的想法跟抱負遠比考上第一志願強烈許多。我曾經對傳教士可以遠渡重洋來到台灣奉獻服務而感到佩服，而現在我班上就有一個學生願意做這樣的事，我怎麼忍心要他放棄自己的理想呢？況且，這麼一路念書上去的同學，有多少眞的知道自己爲了什麼而努力？在人生旅途上，如果能爲自己爭取一兩年，去看看外面的世界，不是很好嗎？

台灣的升學管道一路暢通，卻有高達七成的人不喜歡自己選的科系，更遑論喜歡未來的生活了，他們也許做了決定，卻不曾認眞思考過爲什麼這麼選擇。

我願意尊重大仁的想法，也因爲這樣，我曾受邀到他們的聚會場所去，那天晚上我看到他西裝筆挺，在台上分享福音，他的樣子眞的帥呆了。看到他因爲能實現理想而感到開心，我心中祝福他，但也不忘告訴他：「學校是很有系統的學習環境，有機會還是不要放棄在學校充實自我。」

爲自己蹺一堂課

大人們可以捫心自問，有沒有動過蹺課的念頭？
每天認眞念書的孩子們，知道眞實世界的模樣嗎？

棋棋有爽朗的笑容，她的個性大方、豪邁，跟男生處得很好，是班上的大姊頭，她叫我的方式比較奇怪，帶著童趣，又故意拉長尾音：「楊葛葛——」，這樣的叫法辨識度很高。豔豔則是隔壁班同學，成績名列前茅，個性溫和沉穩且想法成熟。

某一個星期六我到學校上課輔，在學校附近路上遇到了她們，她們騎著車，開心地從小路鑽出來，我沒看過她們這麼興奮，不過她們一看到我，臉上馬上出現了烏雲。

「妳們怎麼會在這裡？蹺課？」

「要到哪邊去？」我不放心地問。

「想到溪底走走。」棋棋說。

「那邊喔，要過一座小鐵橋，路可能會滑，小心一點。打算出來多久？」聽到我這麼說她們似乎比中樂透還訝異。

「兩節，會回去吃午餐。」

「那就好，不過回來之後，妳們得承擔後果喔。記得，不要說看過我。」

我笑笑地揮手，轉身之後，我回頭看著她們奮力踩腳踏車的模樣，像要爲自己寫下愛麗絲夢遊仙境的故事。我想，何妨讓她們蹺這兩堂課？一個人循規蹈矩不是不好，而是沒有驚喜，偶而出軌一下，給自己一個驚喜也不錯，尤其是每天只能認眞念書的學生，好不容易爲自己偷到一點點悠閒的時間，就當作是給她們一次挑戰權威的經驗也很好。

星期一，同學很驚訝地跑來告訴我：「楊哥，沒想到棋棋和豔豔竟然蹺課了！」我雖然早知道，還是把棋棋請過來聊一聊，她看起來很難過。

「怎麼了？」

「我害豔豔被罵了。」

「那妳們倆現在呢？」我擔心她們的友情受到影響。

「不知道，我不知道該怎麼面對她。」

我想豔豔大概被罵慘了，她家教比較嚴，我告訴棋棋：「不要想太多，都發生了，出去應該滿好玩的吧？」

她說了一些經過和當時的心情，覺得可以逃出學校挺不賴的，這時我們相視而笑。

「中途應該想過要回來吧？是不是覺得『都說要出來了』，就繼續錯下去？」

她點點頭問：「你怎麼知道？」

「我是什麼人！下次記得，不要陷入『已經這麼說了』的陷阱而一錯再錯，該停就停，想停就停，千萬不要違背自己的自由意志。這次出去應該學到很多吧？把這些記牢，以後用得上，豔豔的部分我來想辦法，她不會因爲這樣就討厭妳的，放心。」我這樣安慰她。

下一節找了豔豔談，她難過是因爲自己做了錯事，不是覺得被棋棋拖累，她也是因爲「已經說了」不便收回，就眞的蹺課了。我同樣勸她不要自責，從錯誤學到經驗也很好。

「罵都被罵了，不要連那天美好的回憶都葬送了，棋棋很擔心妳。」我最後塞了這樣一句話到她耳裡。

她們蹺課引發了軒然大波，因爲她們是很標準的好學生，我也知道「高抬這個貴手」放她們離開，有失職責，事後她們被罰愛校服務，我和她們一起拔過幾次草。

畢業後，棋棋選擇離家近的高中就讀，而黯黯高分考上彰化女中，很多人都替她開心，但我卻從沒有恭喜她，只送她一本書，書後寫著：「276分不是結束，只是開始。」

「你難道不能替我開心一下嗎？」她看到之後跑來問我，她應該很希望聽到我的祝福。

「已經有很多人給妳祝福了，必須有人告訴妳現實，那個人就是我。」我看過她爲數學成績垂頭喪氣，也曾陪伴她度過成績不如意時的難過，但在這個最值得開心的時候，我願意當那個提醒她跌倒有多痛的人。

孩子到底需要什麼？他們十五歲天空應該是湛藍的，但生活卻被滿滿的課程和考試長期填滿，所以遺忘了那片天空。大人們可以捫心自問，有沒有動過蹺課的念頭？而每天認眞念書的孩子們，知道眞實世界的模樣嗎？

陪伴困境中的孩子

我們沒辦法選擇身世，卻可以掌控未來，可以不卑不亢地尋求社會資源幫助，請記得現在的心情，等有能力要回饋社會，所以別在貧窮面前自卑。

有個同學我都叫她牙齒，很乖巧很漂亮，她家依賴媽媽維持生計，家訪前她跟我說：「媽媽比較忙，時間不好定。」「沒關係，可以的時候就跟我說，我隨時都可以。」因爲媽媽要輪三班，不好挪時間，我們好不容易才敲定空檔可以家訪。

她家客廳很小，但還算整齊，燈光昏暗，讓我幾乎看不清楚媽媽的臉，卻可以清楚地從聲音感受到媽媽的滄桑，一個人拉拔孩子的辛酸是不足爲外人道的，她沒說什麼，但我卻可以清楚感受那些曾經發生在她身上的，似曾相識。

在國三運動會前，我發現牙齒也在大隊接力的名單中，我問班長怎麼把她排進大隊接力？她有隻手不甚方便，跑太快有失衡的可能。

「楊哥，你誤會了，是她自己要跑的。」班長很無辜，所以我又去問了牙齒，我不希望她跑步時跌倒，所以勸她：「讓別人跑吧。」

「我要跑，我要為三忠而跑，這是我最後一次國中運動會！」她認真地說。

我很少被說服的，但我看她意志堅定如此，答應了她的要求。

運動會那天，我看著她顛簸地跑過彎道，好像隨時都可能被一顆沙子絆倒，我的心隨著她一步一步、一蹦一蹦，直到她衝向直線，我整個情緒也沸騰起來，我被她堅持不懈的力量深深感動。

另一個家境也不好的學生羊咩，曾經拿著申請清寒獎學金的表單來問我「事實描述」怎麼寫，這是個很奇怪的欄位，竟然要學生寫自己有多可憐。

「很簡單，你就說有次下大雨，阿媽正在看電視，突然打雷，雷通過電視天線，引到你家客廳，轟然一聲燒了起來，電視沒了，書桌也沒了，超可憐的。」

我當然是開玩笑的，只是希望他可以放輕鬆，也明白他為什麼覺得不好寫，我鼓勵他：

「羊咩，我們沒辦法選擇身世，卻可以掌控未來，可以不卑不亢地尋求社會資源幫助，請記得現在的心情，等有能力要回饋社會，所以別在貧窮面前自卑。我就是貧窮家庭出身的，面對未來要有決心，跟它拚了，賭一把。」

「可是我什麼都沒有。」他低著頭說。

「傻子，我說的是放手一搏的努力！人生這條路對我們窮的人來說，到處都可以賭，窮人是莊家最怕的賭客。只要我們肯努力，勇敢向前，輸了也贏得經驗，怎麼賭都贏。」

我輕輕「巴」了他的頭一下。

他好不容易考上崇實高工，竟然忘記報到的事，其實不是忘記，而是不知道，家裡沒有人可以商量，他以為只有登記分發，壓根兒不知道可以利用基測分數甄選，所以很驚慌，一直打電話，但家裡沒有人可以幫忙。

最後，我騎摩托車載他去報到，一路上連我都緊張了，只聽得到機車的引擎聲。

「你會緊張嗎？你真的要讀電機？」我問。

「其實我也不知道哩！你覺得好不好？」他不太好意思地問。

「什麼我覺得好不好？你喜不喜歡比較重要。」

「我應該會喜歡。」他的回答好像是不得不下的定論。

我告訴羊咩我的經歷，希望他不要隨便投降，機會到處都有，但要先準備好。

我常把少穿的衣服、褲子拿給他，他很惜福，都會拿去穿，有一天我隨口問他：「要不要鞋子？我有雙鞋子太大，很少穿。」沒想到他居然連鞋子也願意穿別人穿過的，他常常穿著我給他的那雙鞋，特別是重要場合一定穿。

我只要留校看晚自習，就會在結束之後買個雞排到他家去閒話家常，那是租來的房子，前面有個埕，養了幾隻貓，我們在門口席地而坐，貓咪則在一旁磨蹭，我不會老生常談，只是跟他哈拉，或者就靜靜地坐著看月亮。

四四方方的埕如同大櫃子，整齊地收納著我們的話題，那些夜晚在我記憶裡異常清晰，我總是默默地爲羊咩祈禱。我希望自己能適時地陪伴這些困境中的孩子，不，應該說是他們陪伴著我，讓我的人生可以發揮更大的價值。

重要時刻都有你們

他們遞上紅包，紅包上面寫滿了所有人的名字。
我想好好收藏這個祝福，
我要記得在我人生重要的時刻，有他們的陪伴和永恆的祝福。

我因為諸多原因決定搬家，幾個同學一聽到，很開心地說要來幫忙，我一開始不是很確定，他們是不是眞的要來幫忙「搬」東西？

「要先跟家長說，家長同意才可以，千萬不要說是老師叫我幫他搬家啊，別害我。」

他們笑笑地說：「知道啦。」

「你們要怎麼來？二水到田中有段距離，要出動『校車』嗎？」

「不用，我們騎腳踏車過去。」看來他們眞的不是來找我玩的。

「跟你們說一下我住的詳細地點。」

「不用啦，我們到建國路找到你的車，敲下去，你就下來了。」大家都笑了。

「算了，我自己搬。」我拱手說謝謝。

「不然我們沿著建國路喊你的名字，應該有人認識你吧？」

「別鬧了，沿途叫過來，還有誰不認識！」我Ｋ了一下建議的同學。

那一天，他們很準時地在約好的時間出現，一到住處就開始問要怎麼幫忙，不過我還沒打包，我真的打算今天才搬！經過討論，他們開始動作，多了五個人力，搬家速度真的很快，沒多久該丟的、該搬的都已經分類好。同學開始這邊翻翻、那邊看看，看到東西丟在地上居然撿起來問：「這沒用嗎？給我。」

我真的覺得他們很惜福，所以突然也想通那些東西好像還可以再用一陣子，不過既然他們要延續那些東西的生命，我留下來或讓他們帶走都一樣了。

尋完寶之後，我們玩起角色扮演，彈簧床變成了摔角場地，大家輪番上陣，這麼簡單的遊戲，讓我們玩得不亦樂乎。遊戲結束後，他們幫忙將所有的東西從五樓搬下來。

「好了，謝謝你們。我慢慢把東西載過去。」跟他們說謝謝有點不自在。

「楊哥，我們留二個下來幫你看東西，三個可以先過去幫你搬上樓。」

他們幫我將東西搬到新住所的三樓，有些東西還真的不輕哩！尤其是我的小冰箱，讓我們三個人花了好大工夫才搬上樓。如果只有我一個人，要搬上三樓真的需要準備鐵牛運功散。

來回兩趟載運過程中，他們都騎著腳踏車跟在我車子後面，從後照鏡看到他們騎車的樣子，心裡眞的很感激。

「謝謝！」我對著後照鏡說，加入他們的生活，眞的是一件快樂的事情，我人生中許多重要的時刻，這些孩子都陪伴著我。

我的婚禮也不例外。

「結婚時當人偶就好，凡事都有別人張羅。」很多人給我建議。

我沒有拍婚紗照，因爲參加阿里山集團結婚時，我自己帶著相機，走到哪兒拍到哪兒，我和老婆用自己的鏡頭記錄人生的重要大事。

結婚需要很多東西，老媽拿了一張婚禮採購單給我，單子上的東西很貴，但都只在婚禮當天才用得到，所以我們到書局、文具行買了很多空盒子，將這些盒子用精美包裝紙包裝起來。

「會不會被發現？」準新娘擔心地問我。

「他們只想知道有沒有東西而已，不會眞的檢查。」我拍胸脯保證。

結婚的西裝是跟我弟借的，身上的金飾是大哥翻箱倒櫃找來借我的。我不喜歡照著傳統，不是傳統不好，而是太多框架找不到眞正的意義在哪兒，我希望用雙手詮釋自己的婚禮，婚紗、影片、喜帖……這一場什麼都自己來的婚禮，我的學生當然沒有缺席。

會場外的氣球拱門是前一天我跟弟弟、小叔、學生澤宇弄的，典禮場地的氣球是看著說明書一個一個綁的，雖然場地看起來很陽春，但我喜歡有故事的生活，記憶也才深刻。

畢業的尹理知道我有個 DIY 婚禮，立刻聯

給我：「楊哥，你宴客的桌卡我幫你做，還記得吧？畢業前我跟你說過。」

小論跟羊咩同樣自告奮勇要當伴郎：「我們幫你安排求婚儀式，怎麼樣，我們兩個站你旁邊應該很帥吧！」他們挺起胸膛，沒多久我們就開始彩排怎麼給新娘驚喜。

「進場的時候我們走在你前面，等我們拍手你再進來……」他們高興地喋喋不休，我沒有很認眞聽他們說了什麼，因爲他們的餿主意我見識多了。

「這兩個孩子什麼時候長得比我高了？眼前這兩個人是我課堂裡的那兩個人嗎？」我一直望著他們。

很多學生都說要來參加我的婚禮，智皓他們一群人也這樣跟我說。

「很遠哩！還是我改天再請你們一起吃飯就好？」

「不用擔心，我們又不是小孩。」光聽聲音就可以想像他自信的表情。

我都提醒他們人到就好，而且要注意安全，我當天沒辦法分身去接他們。結婚當天，當他們出現在典禮會場，我開心地跑過去跟他們相擁。

「楊哥，今天很帥喔。」

大家開始品頭論足，我也樂意當起模特兒。閒聊一陣之後，他們遞上紅包，紅包上面寫滿了所有人的名字。我想好好收藏這個祝福，我要記得在我人生重要的時刻，有他們的陪伴和永恆的祝福。

婚假是老師唯一可以利用學期中出國的假期，一生只有一次，有十四天之多，但我只請了十天的假去歐洲，剩下的四天，我希望跟學生一起度過。這種心情很難形容，大概像我在獲得 SUPER 教師獎後，用獎金幫兒子買了衣服一樣，我告訴兒子：「爸爸希望與你分享榮耀。」婚假未完，我從歐洲扛回了很多貝多芬巧克力，這幸福的時刻，我當然不會忘了學生。

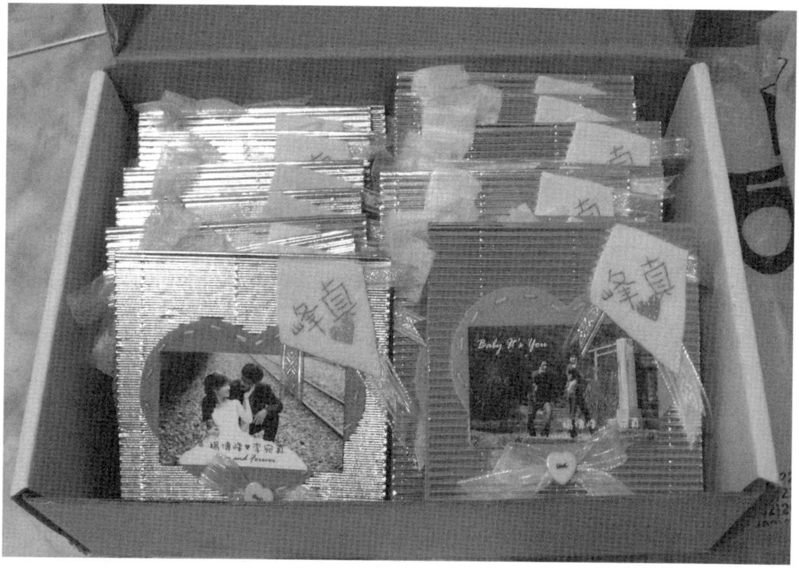

兩個需要愛的女孩

打孩子的理由有千萬個，都是因爲愛，
可是我相信孩子絕對感受不到。

小婷是個多愁善感的女生，心很軟，很容易哭，父親遠在臺中工作，媽媽是家庭主婦，悉心照顧四個小孩。她的姊姊也在我們學校就讀，是個很乖的女生，師長們都喜歡，但不知道爲什麼小婷比較反社會，或許因爲姊姊在校表現得不錯，她也極力想要幫自己開闢舞台，只是沒找到對的方向。

我了解她的心情，這跟我弟國中時莫名討厭我一樣，當別人對著他說「你是傳峰的弟弟」，那是極具殺傷力的刀械。我們曾因爲這件事情談判，他爲了逃避這個陰影，努力爲自己開闢一條生路，同樣是往反方向去。

我很想讓他知道，我表現得好不是爲了給他壓力，相反的，我想跟他分享一切，讓他可以自豪地說：「傳峰是我哥」，但這樣的陰影依然是他國中最大的夢魘。

有一次小婷中輟，被盛怒的爸爸打得站不起來，我去她家看她時，她走路外八，好像怕碰到傷口，每走一步表情就猙獰一下，她的傷口隱約還流著血水。

造成這一切的父親懊惱不已，母親也自責落淚。我不知道事情是怎麼發生的，但知道他們還愛這個女兒。

打孩子的理由有千萬個，都是因爲愛，可是我相信孩子絕對感受不到。

隔天爸爸不在，小婷就跑了。

好秦很清秀，笑瞇瞇的臉讓人喜歡，她的起點行爲很好，功課基礎也不錯，但她跟我說：「我國小被逼怕了，現在不喜歡讀書。」

她覺得媽媽不愛她，只專注在事業上，我曾跟她媽媽談過，但媽媽有一套自己的哲學，認爲孩子可以決定自己的未來。

有次國文課，我在班上問：「誰是最自由的？」

有人說鳥，也有人說風，有同學答：「好秦。」

那天她因故不在學校，我有感而發，告訴同學：「所謂的自由是知道自己要去哪兒，要做什麼，如果故意往反方向去，只是另一種形式的束縛。」我沒把話說得太明白，只是忍不住覺得可惜，好秦聰慧、伶俐，卻爲了叛逆而叛逆。

她到了國三已經舌環、眉環都有，她總是問我：「好看吧？」

「還不賴，但別在學校戴。」對於她的分享，我感覺無奈。

我希望她知道自己在做什麼，但她眞的清楚爲什麼要這樣與衆不同嗎？我擔心她只是想得到關注。

畢業後有次在圖書館遇到她，她很大方地給我一個大大的擁抱，說了很多高職的事情，原本以爲她就此穩定，沒想到再聽到她消息，已經輟學，跟小了兩屆的學弟妹一起考基測。我很爲她擔心，還好不久後在考場遇見她，聊了一會兒，她說要到臺南開始過新生活，我支持她的決定。

我的書房還留著小婷和好秦用珍珠板做的卡片，她們倆是我擔任三忠班導期間最大的遺憾，我到現在還常常想，如果我多做了些什麼，情況是不是會不一樣……

有種來單挑啊！

上場就別想全身而退，沒捱個幾拳怎麼可以下場！
你想以什麼樣的姿態下場？被扁也要帥氣一點。

我喜歡利用聯絡簿、週記跟同學聯絡感情，這是一個雙向的互動平台，學生常常會在這裡展現不爲人知的一面。我跟小仁就經常在聯絡簿上互動，有次他數學考試只考八十幾分，我用紅筆圈起來，寫了個「遜」。

沒想到隔天他馬上向我下戰帖：「有種回到十年前，來單挑啊！」天知道我多希望可以回到十年前跟他 PK，讓他嘗嘗我的厲害，更希望可以用這樣的身分跟他們相處，但是我們在平行時空裡，我眞的回到十年前也遇不到他。

小仁是個很不錯的孩子，在團體中並不明顯，很沒有存在感，卻是個很好的人。有次看完晚自習，已經九點半了，我坐在二水鄉圖書館一樓走廊的石椅上，小仁也坐在旁邊。

「你不想回家？陪我一下？」我問。

「怎麼陪？」

「不要講話就好。」

我們閉著眼睛，靠著牆，彼此距離一公尺左右，卻好像可以感受到對方的呼吸，那種「旁邊有人」的奇妙感覺讓人覺得穩定、妥貼，整個世界好像只剩下我們倆，沒有語言，也不需要語言。

小仁連續當了好幾個學期的國文小老師，算是我的好伙伴，不敢說有多深厚的感情，但默契不錯。

從來沒有人看好他可以考上彰化高中，但我對他很有信心，三年級他也急起直追，成績一路衝到前面。基測成績出爐，他考得出奇的好，所以希望可以考第二次，挑戰台中一中。

看到他這樣我很擔心，於是約他到司令台聊天，想勸他看清現實情況，不要被分數沖昏頭，我要他考慮就近讀員林高中就好。

「你看不起我？」他有點不以爲然。

「數據顯示，第一志願的後三分之一跟第二志願的前三分之一，大學聯考的結果是一致的，我不是看不起你，而是讀書到哪裡都好，在第二志願可以比較輕鬆愉快，而且比較有自信。你想想怎麼可能前面輸了十幾次，這一次贏了就贏了？」我看過一個這樣的學生，很後悔沒有好好跟他談談，那個同學模擬考 PK 差不多九十二左右，基測卻考到九十六，這個九十六害了他，我不希望善良的小仁也這樣。

後來，小仁進入彰中就讀，第一次段考考了六百多名，這對他來說是莫大的挫折，我知道他很失望，所以趁學校晚自習時約他來聊聊。

「不要輕易被打掛了，你是第一個嗆要跟我單挑的男人。」我拍拍他。

「有嗎？」

「少裝傻。」

「好像有。」他笑了。

「這樣不像是單挑地球最強男人的樣子喔！」

「那怎樣才像？」

「上場就別想全身而退，沒捱個幾拳怎麼可以下場！你想以什麼樣的姿態下場？被扁也要帥氣一點。怕輸，就不會贏。」

小仁真的是個善良單純的人，讓我特別喜愛，還記得我們班上有個陳姓同學被老爸扁，趕出家門，小仁即便不喜歡這位同學，還是收留他，借衣服給他穿。

有一次，我們一起掃落葉，我告訴他：「用手抓比較快。」

「很髒。」他露出奇怪的表情。

「不會啦，像我這樣不是很好！」我的手突然抓到軟軟、熱熱的不明物體，仍裝作沒事，故意走開去弄別的地方，並下指令：「小仁，這裡給你。」

他就過去了，沒幾秒，他大叫：「這是啥！」他把手舉高，滿手都是「咖哩」！

在場其他同學不約而同發出警告：「不要靠近！」

這時他才發現我是主謀，大叫：「都是你！」

「沒辦法，反正我都中了，當然要和小仁分享啊。」

我們大家笑成一團，他也不介意地跟大家同樂，這就是他。

此刻閉上眼，我彷彿看見了滿手「咖哩」的小仁，我等著他再告訴我：「有種來單挑啊！」

特殊學生在普通班

孩子不是不會愛人，只是需要引導。這樣的特殊孩子是天使，教會全班同理心。

小芹是特殊學生，智能低於一般孩子，口語表達能力不好，我勉強才能聽懂幾個她慣用的詞彙。她不會寫字，只會直的橫的線條，但卻願意認眞學。她剛上國中時常被同學排擠、取笑，有次她很急切地跑來，流著眼淚咿咿呀呀的，我實在聽不懂她要表達什麼，只能盡量安撫她的情緒，在好心的同學幫忙說明後，我才知道她的聯絡簿被同學丟了。

聯絡簿對她來說是很重要的東西，是她唯一可以完全掌握的，考卷、作業都是敵人，但聯絡簿不是，她可以盡情在裡面寫字、塗鴉，模仿抄在黑板上的「符號」，因爲只有她、家長和老師可以看到她認眞寫的字，她不會被其他人取笑。

我很不喜歡同學欺負弱勢，尤其是像她這樣的孩子，於是氣憤地公開懲兇，我說：「小芹的聯絡簿被丟了，做這件事的人，有辦法你去欺負大尾的，欺負自己的同學，只會讓人看不起。」但我知道這樣權威式的幫忙，不會讓同儕眞正接納特殊的同學，因此我開始在平時加入一些生命教育，讓同學可以感同身受，而後接納她。

我趁小芹到資源班上課時，跟同學分享「天使」的故事：一對夫妻領養沒有雙腳的女孩，女孩問這對夫妻爲什麼要領養他，那對夫妻說：「因爲你是我的天使。」我用這個例子告訴同學，小芹是上帝派來教我們如何愛人的天使。

我也用自己的經驗告訴他們：「大學時我在福利社看到和小芹有一樣問題的一群人，他們在擦洗櫃子，動作很慢但很確實，他們的動作吸引了我，我突然想到，如果他們的身體住著和我們一樣正常的心靈，只是身體不受控制，無法正常走路、正常講話、正常表達，別人的訕笑他們都聽得到，如果小芹可以清楚地聽到你們的辱罵、取笑，那是多麼殘酷的折磨？別人欺負她就算了，但你們是她必須相處三年的同學耶！」

之後，我常常在第六節聽到同學問：「小芹的聯絡簿呢？」我想孩子不是不會愛人，只是需要引導，甚至當小芹在教室尿失禁，班上同學沒等我回來，便七手八腳地幫忙處理，有的人在教室善後，有的人帶她到廁所換衣服，事後也沒人取笑她。

我繼續趁小芹不在時進行生命教育，我跟同學分享了自己的故事：「我高中時的住家隔巷住了一個獨居老人，情況跟小芹差不多，她說話的聲音讓人毛骨悚然，所以沒有人敢接近她，但我會，就算有人用奇怪的眼神看我，我也不在乎，有時連晚餐便當我都給她。我可以跟大家一樣遠離她，但我選擇做一件對的事。」

同學聽得入迷，於是我又追加一段：「有一天上學途中，我看到她站在路口水圳旁，，咿咿呀呀地指著水溝，我想她應該是要我做什麼吧！原來她正用竹竿頂著要快漂走的鍋子，於是我脫下鞋子去幫她撿。同學，你們也可以做件讓自己驕傲的事情，而非袖手旁觀或加害這些人。」

有一天，同學氣呼呼地來跟我說：「有學弟拿石頭丟小芹，她正在哭。」我趕去訓了那個同學一頓，但他好像不是很願意聽，於是我請我們班在校頗負「盛名」的兩個同學來，喝令他們站好。

「來，石頭給你，丟他們兩個，我保證他們不會還手，也不會對你怎樣，丟！」

我們班的兩個同學面無表情地看著他，氣氛相當凝重，拿石頭的學弟好像小羊面對兩隻野狼，情況相當尷尬，最後他承受不了這樣的壓力，哭了。

看到他哭，我問他：「你知道小芹的感覺嗎？如果你敢向這兩個學長丟石頭，我還會認爲你是個人物，你不要只敢欺負弱小。請記住你現在的無助，那就是你加諸在別人身上的恐懼。」

我請學弟回去，然後拍了拍我們班兩位學生的肩膀，我們很有默契地演了一場不用排練的戲，那是不需要說明的「楊哥的風格」。

這件事情被看到的同學散播開來：「小芹是孝班的一份子，連那兩個都挺她。」以後沒有人敢再欺負她了。

我收藏著小芹在聖誕節送我的卡片，她在特教老師的指導下用小紅點點慢慢黏貼出字。這樣的孩子更需要老師和同學的友善對待，我很高興能讓班上同學接納她，認同她是我們班的一份子。小芹是一個天使，讓我們班更確切地了解愛的意涵，眞的很謝謝她！

離開學校以後，請繼續勇敢

當我們一直在自己的框框裡，不知不覺就變成了埋怨天空很小的青蛙，人生還有很多風景，一定要「走出去」才看得清楚。

如果放學時間太晚，我往往會載學生回家，每次經過平交道都會碰上火車，我們也習慣這時候看到火車。

「火車才是我們的時間。」小思說。

小思這孩子一直比同儕成熟，我們常有會心之時，那是一種彼此認識很久才有的共鳴。有次我在課堂上說：「我們的桌椅好像都對不齊。」她卻說：「老師，你說白水先生說：『自然界沒有直線。』」我微笑了，這孩子眞的很靈巧。

小思有一個幸福的家庭，是爸媽的掌上明珠。她有個絕頂聰明的弟弟，她怎麼努力也望塵莫及，她在班上成績也一直維持第二，這種情況，讓她開始覺得自己不夠好，但她不擅長表現情感，總是藏著一個受傷的自己。

她是個琴棋書畫都精通的女孩，到了三年級，我看她一直被課業壓得喘不過氣來，便問她：「有多久沒彈琴了？」

「很久了，可是沒有時間。」她垂頭喪氣。

「彈琴不是浪費時間，是調劑身心的好方法，而且刻意不去做自己喜歡的事情，會讓生活變得單調，雖然多出時間讀書，卻很沒有效率，以前我讀書時如果覺得沒有效率，就不讀了。」

「那會讀不完。」她皺著眉頭說。

「書是讀不完的，永遠準備不完才是人生，課業不過是其中一部分，而且是極小的一部分。」我眞希望她了解。

她開始舉例誰誰誰比她好，而且極力證明自己比不過他們。

「他們會彈琴嗎？會寫書法嗎？會繪畫嗎？」我一連問了好幾個問題。

她搖搖頭。

「如果把才藝算進來，小姐，妳是天下無敵的。」

她喜孜孜地點點頭，眼睛閃爍著光芒。

有天，同學神祕兮兮地跑來跟我說：「老師，小思在哭。」簡單問明原因之後，才知道又是爲了模擬考，我約她吃飽飯之後到教室前面等我。

我們沿著斜坡走下去，她似乎知道我要跟她說大道理，也知道我要安慰她成績的事情，但是我心裡另有打算。

「源泉文具店的老闆娘死了！」

「怎麼可能？上禮拜還看到她。」她一臉不可思議。

「對啊，前天喝喜酒時我還跟她同桌。」

她顯然不太能接受這個事實，我接著說：「世事無常便是常，沒有固定的道理，說說妳碰到什麼問題？」

我們已經走近校門口，我指著校門說：「我們走出去吧。」

「走出去？」她又驚訝了一次。

「沒錯，『走出去』，當我們一直在自己的框框裡，不知不覺就變成了埋怨天空很小的青蛙，人生還有很多風景，一定要『走出去』才看得清楚。」

我們就這樣邊走邊聊，完全不碰觸考試的問題，然後走到乾旱的河床邊，開始撿石頭。

「挑一顆妳喜歡的石頭。」我說。

「要做什麼？」

「丟啊，不然要帶回去嗎？不好的東西就要丟掉，而且拋得愈遠愈好，要用力。」我示範了一次。

她跟著也丟了很多顆石頭，而且愈丟愈過癮，我看著飛出去的石頭順著拋物線，好像長了翅膀飛翔。

「要不要丟這顆大的？」

「好啊！」她很開心地答應。

我們合力搬起一顆大石頭，一起將它推進深淵，好像目送燃燒的船離開，臉上還有些熱熱的火光。

「回去吧！」

我們笑瞇瞇地往回走，重新回到生活正軌。

升學問題仍然困擾著她，她希望考上彰女，免試卻只有員林高中，所以打算放棄。在棄權之前，我先幫她做了分析：「員中很妥當，一定可以上，要拚彰女就得承擔風險，妳可以接受自己連員中都沒上，只上溪湖高中嗎？」

她想了一下說：「可以。」

「很好，當別人都有學校，很開心的開始規畫暑假時，妳的意志會動搖嗎？」

「沒問題。」她還是堅定地說。

「那就只剩下一個問題了，當妳放棄員中，最後連員中都沒考上，妳會不會後悔當初的決定？如果最後妳還是考上員中，會不會覺得自己浪費時間？」

這個問題她想了很久，一直沒辦法回答。

「我支持妳做的任何決定，甚至願意在妳哭的時候陪妳，但妳需要思考失敗的可能，給自己一個放棄員中的理由。」

「讓我想想。」她嚴肅地說。

隔天，她來跟我說，還是決定放棄免試員中。

「我要考上彰女。」她的眼神恢復光彩。

我不會幫學生做決定，但會幫學生點出未來可能碰到的問題，他們對答案的判斷仍舊是「單選題」，但這世界的問題是如此錯綜複雜，答案沒有那們簡單。

決定之後，她的手心寫上了「彰女」兩個字，我曾幫忙添上筆畫，她也專注地看著我將她的目標描繪清楚。其實我很心疼她這麼做，我知道她將承擔什麼，卻不能代替她承受，她必須自己學會堅強，知道下一次碰到選擇的時候該怎麼決定。

「高中就是國三重複三年，這學期的經驗，不管在哪裡都管用。」我這樣跟她說。

免試成績出來之後，她不免受到同學考上的歡樂氣氛影響，我請她要把持住，不要去想「當初」，只想「當下」。

終於等到基測成績放榜了，她考得不理想，自知無法上彰女，我看到她坐在位置上恭喜同學，這時，我立刻找藉口帶她離開教室。

她跟著我到下馬路，我說：「只有我們兩個，可以哭了。」

話才剛說完，她就抽抽噎噎地哭了起來，剛剛忙著恭喜別人的她，心裡竟然隱藏這麼巨大的傷痛。

以她的成績來看，應該只有員中，這樣的結果，遠不及她所付出的，連我都想問問上天怎麼回事，怎麼忍心讓這十五歲的小女孩哭花了臉？我想，對現在的她來說，任何關心和憐憫，都是鋒利的武器。

「這是一趟漂亮的旅程，妳證明了自己的勇氣，這跟免試上員中不一樣，妳經歷過一場別人沒有的淬鍊，現在，我希望妳抬頭挺胸，接受這一切，這是當初決定時就知道可能會發生的事情，不是嗎？」我溫柔地問。

她很勇敢地點了點頭。

我要她不要急著回教室，一個人好好沉澱心情。

小思到了員中之後，很快適應了新環境，她經常參與研習營，而且因爲對外文興趣濃厚，所以結交了許多國外的朋友。我很高興她離開以後能勇敢迎接挑戰，在沒有我的地方，如此快樂。

只剩電視的家

沒有人可以聊天，沒有打鬧聲音的家，
就像被電視占據的廢墟，連劇本都是別人的。

小英是個想像力豐富的小女孩，戴著粗框眼鏡，嚮往演藝生活，喜歡聽歌、唱歌、看MV，總是顯得活力十足。

她原本有個正常的家庭，國二時父母分居，她知道的那一天哭得很傷心，眼淚像壞掉的水龍頭，嘩啦啦地流。

我把她帶到靜謐的地方，讓她哭個夠，但面對這種情況，我不知道該怎麼安慰，我聽得出來她對爸爸的怨恨比較多。

「這就是妳最近不回家的原因？」我已經聽許多人說她在外遊蕩。

「回去做什麼？回家只能看電視，爸爸很晚才回家，我沒飯吃。」她的語氣強硬。

「爸爸不給妳飯吃？」我驚訝地問。

「他都下班回來才弄，以前都是媽媽弄的。」她還是一直流淚。

她坐在小短牆上，我站在她前面，她的眼淚有好幾滴滴在我的鞋子上，我拍拍她的頭說：「孝班是妳第二個家。」

聽我這麼說之後，可以感覺到她抽噎得更激動，在那瞬間，四周的樹林彷彿停止了呼吸，我也僞裝成一座石雕，靜靜地陪伴著她。

我知道媽媽對家庭的重要，她跟媽媽像姊妹一般，突然失去重要支柱，家不像家的，的確讓人不想回去。沒有人可以聊天，沒有打鬧聲音的家，就像被電視占據的廢墟，連劇本都是別人的。

「不要因爲這樣變壞，妳還有個家。」我眞的希望她把持住。

我還是要她答應我，在外閒逛不要超過晚上六點半。她點點頭。

我找了時間去跟父親談，父親有很多無奈，他想對她好，卻不能不矯正她的偏差行爲，一矯正就變成嘮叨，孩子更希望媽媽可以回來，對在旁邊照料的父親愈來愈不耐煩，父女關係降至冰點。父親甚至以不給早餐吃，要脅她不要再跟媽媽聯絡。

「感情是大人的事情，我們很難懂得其中的道理。」我又找了機會勸她。

她卻眨眨眼，以非常不諒解的眼神看著我：「爲什麼要趕走媽媽？」

「要妳跟不喜歡的人在一起，妳應該也做不到吧？我想妳的父母親就是遇到這樣的瓶頸，就讓他們好好解決他們的問題，不管他們最後的決定是什麼，愛妳的人還是兩個。」

我盡量以她可以理解的方式解釋。

「聽說妳早餐都沒吃。」

她頭低低的，輕輕點了幾下。

「以後我吃什麼，妳就吃什麼，不過東西從我家拿到學校已經涼了，大概不好吃，不要嫌棄，想換口味就說，不好吃也可以說，沒關係，我平常在家都會做早餐，多做妳的只是順手，不要覺得欠我什麼，我只是做我喜歡做的事情，知道嗎？」我輕描淡寫地說。

幫小英做早餐的期間，我每天都得提早到校，也要想辦法幫早餐保溫，若是開車，就不敢開冷氣。

很慶幸的，小英慢慢地回到原本的樣子，我感覺非常欣慰。

家對孩子來說是最重要的支柱，那不單單是睡覺的地方，而是心靈的寄託，家是他們的故事的起頭，也是日後遠行的出發點和終點，我衷心祈禱小英能有一個她想回去的家。

別讓分數破壞了親子情感

嚴厲的逼迫，只會讓她離妳愈來愈遠。現在有辦法逼，高中呢？大學呢？為了這些分數少了一個孩子，值得嗎？

小姍國三學期中才轉來，一般而言國三才轉學的孩子，通常有特別的原因，我看著跟著她一起轉來的學生資料B卡，厚厚一疊。不過，孩子既然離開原來的學校就是希望重新開始，我跟小姍說：「我知道發生過什麼事情，但不要再看過去，我希望妳在這裡可以重新生活，妳學到了經驗，再碰到同樣的事情時，可以處理得更好。」

剛開始小姍還會去找老朋友，家長很擔心她們還有連結。我能體會家長的擔心，但她才剛轉來，不可能馬上轉移生活重心，畢竟朋友都在原來的地方。

我不急，也知道這是急不得的，她需要時間轉換心情，所以不曾責備她。她慢慢地願意相信我，也漸漸融入我們班。我刻意讓她跟幾個比較要好的同學坐在一起、一起做事、打掃、活動，她自然地就以這邊的朋友為重心了。

小姍另外還有課業的問題，媽媽對她的成績要求頗多，偏偏小姍喜歡的是烹飪，母女經常爲此產生衝突。

有次班親會，媽媽拉我到一旁跟我說：「老師，小姍的數學只考三十分，我一個女兒清大，一個成大，她這樣的成績讓我很丟臉，要如何拉高成績？」

「這樣好了，我們從現在開始逼她，國三了，要從三十分進步到九十分，老實說很困難，要逼到四、五十分應該沒問題，要不要來逼？」我給媽媽一點點思考時間。

「但是爲了這一、二十分破壞妳跟女兒的感情，值得嗎？這些分數對她一點意義也沒有，數學考三十分跟考四十分差別不大，若直接轉換成基測分數，只多個幾分。妳嚴厲的逼迫，只會讓她離妳愈來愈遠。現在有辦法逼，高中呢？大學呢？爲了這些分數少了一個孩子，值得嗎？」

媽媽陷入更久的沉默，於是我又說：「我們應該成爲她的推手，既然她喜歡烹飪，我們就支持她，成功了很好，不成功也罷，你們的感情依舊。」

「也對。」媽媽點點頭，前陣子她們才因爲轉學的事情鬧得很不愉快，幾乎決裂了，所以她知道「失去一個女兒」的痛。

「那我應該怎麼做？」她問我。

「她喜歡煮，妳就讓她煮，想像一下，某天假日清晨，她幫妳做了早餐，妳們一起享用，再泡杯熱奶茶，多好！」

「老師，你這樣說很有道理！」

小姍跟我談過，媽媽不喜歡她學烹飪，希望我幫忙勸說，我讓她了解媽媽是關心她的，而且已經願意支持她的想法，我告訴她：「妳不能跟媽媽說妳喜歡烹飪，卻什麼也不做，還怪她不支持。」她點點頭。

我送給她一本食譜，告訴她：「這本好好看，做得出來的就做，弄給媽媽吃。」

她很慎重地收下。

「這是我跟師母偷拿的，要好好看。」我故意讓情況輕鬆一點。

聽我這麼說她笑了，她問：「這樣你不會被罵嗎？」

「說『不知道』就好了，我很會裝死的。」

「謝謝老師。」

我不太喜歡學生對我說「謝謝」，其實我只是做自己喜歡、想做的事情罷了，但小姍的「謝謝」我很樂意接受。我不久之後又送一本食譜給她，並且告訴她我的期許：「以後寫了食譜，記得還我兩本。」她又一次慎重地用雙手接下食譜。

爾後碰到媽媽，媽媽迫不及待地告訴我：「老師，我跟你說，我不知道小姍手藝這麼好，現在她煮飯，我洗碗，兩個人在家很愉快。」

媽媽拿了一箱家裡種的南瓜給我，告訴我小姍也用這個做菜，而這段談話，距離我們討論是否要逼小姍讀書，不過兩個月左右而已。

倒數，翩然起舞

她國小功課是倒數的！
我一路陪伴著她，看她過關斬將，心裡眞的非常開心，
她正在爲自己創造傳說。

學生時代最怕一種同學，平常看不到人，卻突然在考試決戰時刻突圍而出，而且殺氣騰騰，大有遇佛殺佛之勢，讓人毛骨悚然，不寒而慄。這種人以黑馬之姿竄出，不僅有話題性，更是傳奇。小君就是這樣的一個孩子。

這孩子在上國中的暑假失去父親，她有張愛笑的臉，總是遠遠的就說：「老師好！」她小學時功課不好，我爲了鼓勵她讀書，常常在課輔之後再留下她，她很聽話，也願意慢慢來，讓自己成績進步。那時我住在學校旁，走路二分鐘就到，住家的一樓大廳是開放空間，擺了三張課桌椅，若她當天晚上有補習我就留她下來輔導，順便吃晚餐。

有次晚餐，她指定想吃街上某家牛肉麵，我讓她先寫作業，我上街去買，回來時看她認眞地在書桌前寫功課，眞的很爲她高興，同時也不捨她小小年紀就要承受沒有父親的

痛苦。

那天晚上，我們兩人像家人一樣一起吃麵，她直說麵好吃，一副很滿足的樣子。

她的課業慢慢地追上同學，二年級時已能勉強進A組，介在可上可不上的尷尬位置，但我希望她留在B組培養自信，那時還麻煩授課的數學老師幫忙盯著。

沒有多久，她要求：「老師，我要加入樂隊。」樂隊通常是只讓A組同學加入的。我沉思了一下說：「這妳得問問訓育組長喔，學校很少讓A組以外的同學練，妳若真的有心就去爭取，機會得來不易，要想清楚，別三心二意。」

「我不會，我很想學。」她天真的語氣裡有種讓人不敢懷疑的單純。

最後，她如願加入了樂隊。樂隊練習給她很大的動力，讓她更想進A組，更想跟這些同學一較長短。我為了鼓勵她，特地設立獎學金，鼓勵擠進班上前十名的B組同學，而她每次都能獲獎。

到了二年級下學期她主動跟我提到升A組的事情，我諮詢英文、數學老師的看法之後，給了她再留Ｂ組一學期的建議。

「數學老師覺得妳在這裡學得很好，吸收也快，升上去換了數學老師，或許會不適應，而且妳的實力還有進步空間。」

聽完我建議後，她說：「好！我決定留下來。」

國三時，她升上Ａ組，前進到全校前二十名，那時有家長直說她很神奇：「她國小功課是倒數的！」我一路陪伴著她，看她過關斬將，心裡眞的非常開心，她正在爲自己創造傳說。

爲了幫她創造機會，我也鼓勵她當技藝班選手，若參加比賽得名，加上在校成績，她更有機會進入心目中理想的學校。

她將目標放在臺中商專跟彰化高商，一有空就跟我討論哪間學校制服好看，我心裡也期待看見她穿制服的樣子，卻也不免提醒她別太自滿。沒想到，就在技藝班選手比賽之前，她竟然發生車禍！必須住院休息兩、三個禮拜。

當天到家裡看她，她很頹喪地說：「大概很難去比賽了。」

「還有機會，再拚一下，就剩這一關了。」但我其實一點把握也沒有，心想或許她這麼一摔，眞的前功盡棄了！

我將手上的資料拿給她，對她說：「這是妳唯一的機會，我希望看到妳穿上彰商的漂亮制服。」

我觀察她家裡的環境，她跟阿媽睡在一塊兒，房裡看不到可以看書的地方，即便臥房外有一個小空間，也不適合讀書，但她竟然可以從最後幾名衝到全校前二十名！

她咬牙繼續準備技藝班比賽，最終以技優生的身分進入彰商。我還記得知道她考上的那一天，她開心地告訴我怎麼到彰商、怎麼把裙子改短、怎麼把傷口遮好，她就像蝴蝶一樣，在我身邊翩然起舞。

源泉文具行老闆娘

「賣一本簿子也好。」她這樣說。

突然，我覺得她比我還關心孩子，

每天爲了不知道會不會來的學生，守著店到九點。

「以前學校三十班的時候，我這裡聘請了六個人。」源泉文具行的老闆娘曾經這樣跟我說。

我很喜歡她的鄉土味，雖然她常說我跟她兒子一樣歲數，但我們的互動卻像朋友。

她常常送老師水果，這些水果都是她自己種的。我從不拿水果，覺得好像收回扣，但她很堅持，甚至會送到老師家門口，一次沒遇到就送兩次，直到老師收下爲止。

我怕她拿水果到我住的地方，所以從不跟她說我住哪兒。

「ㄟ，楊老師，東西我放在輔導室喔。」她很神祕地跟我說，眼中有種「放在輔導室你就沒輒了」的快樂，但我始終婉拒。

「老師啊，你嘛不要這樣，這都是我自己種的哩！」

我知道她是好意，不想收有另一個原因：那些水果是她辛苦種的，而我們這一間小小學校能買的參考書也不多。

在她堅持下，我請她把水果換成作業本，我再將這些作業本送給學生，並對他們說明：「這些作業本是源泉老闆娘送你們的，遇到她要記得說謝謝。」

因爲農忙的關係，她常常帶著田裡的土和一口特有的口音打招呼：「老蘇啊，嘻嘻嘻……」她很靦腆，參考書已經賣了二十幾年，收書費時仍不太敢開口，常靜靜地待在一旁等，從不打擾老師，有時甚至等了兩、三節課。

我有陣子住在學校附近，某天吃完晚飯路過她的店，看到她竟靠在小板凳上睡覺。

「老闆娘，老闆娘。」我輕聲叫她。

她悠悠醒來，還沒看清我是誰：「你要買東西嗎？」

「沒啦，是我啦。」我在她眼前揮揮手。

「哦，老蘇啊，嘻嘻嘻，歹勢歹勢。」她難為情地笑著，用手壓壓頭髮，不過頭髮似乎不大聽話，立刻又翹起來。

「在看電視？是給電視看還是看電視？」我開玩笑地說。

「沒啦，無聊，看到睡著。」

「累就回去睡覺啊。」我不解地問。

「沒啦，怕人家來買東西。」

「沒人會來買了，早點回去睡覺。」我催促她。

「若有人明天要用簿子、用筆，會著急。」

我看看櫃子，擺滿盡是灰塵的文具，顯然很久沒有人跟她買了，她在店裡養了幾隻貓，貓經常在文具上走來走去，剛好可以拂去塵埃。

「我看妳八點就回去休息，要看電視在家看就好。」我不忍心地繼續說。

「老蘇啊，上次有人來買圖畫紙，幸好我在，不然就要到田中去了。」

「該不會是三年前了吧，白天工作很辛苦，早點回家睡，像這樣……」我指著自言自語的電視，自以為幽默地說。

「嘻嘻嘻……我知道你是為我好，但我已經習慣了，我都會開到九點。」

聽她這麼說讓我很驚訝，原來她開店是因為習慣，習慣了服務需要的人，即便生意一落千丈，仍堅持這樣的想法。

「賣一本簿子也好。」她這樣說。

突然，我覺得她比我還關心孩子，每天為了不知道會不會來的學生，守著店到九點，我看她還光著腳，應該是農忙結束之後直接來開店。

「晚餐吃了沒？」我收起自以為是的詼諧，帶著恭敬。

「九點多了誰還沒吃飯？」她大概覺得我問了個怪問題。

「九點了，要關門了嗎？我可以幫妳。」

「老蘇啊，謝謝啦，我等一下再關。」

「四周很暗，小心一點。」我就這樣離開，帶著滿滿的敬意。

沒多久，我又經過文具行，看到她正忙著進貨。

「怎麼有這麼多支羽球拍？」

「我怕國小會用到。」

「也不用買這麼多支吧?」

「我只有進五十支。」

我想這批羽球拍一定會賣很久，最後跟那些文具一樣，蒙上一層灰，但這次我不打算勸她，只靜靜地看著她將一支一支羽球拍放好，之後小心翼翼地擦拭櫥櫃，她認眞的身影，深深烙印在我腦海裡。

二〇一〇年，她因爲心臟病驟逝。

我知道的時候以爲是個玩笑，相當錯愕。她的笑容這麼眞實，上天怎麼會給她一個這麼不眞實的落幕?

她去世時，我身上還有兩千元左右的參考書錢沒來得及給她，但我相信她一定願意將這些錢花在學生身上，而這也是我唯一可以紀念這位老朋友的方式。

至今，我仍然忘不了，夜裡看見她守著那間小文具店的身影，在二水的小鄉裡，有一處守護著孩子的小店，而店外的那條大馬路，兩公尺之外有盞路燈，接著就看不到任何燈光；另一頭也是……

退而不休的一群

我要和這群退休的老師一樣，
從已逝的時光之中，找到燦爛的理由。

我剛到學校任教之初，常碰到現實跟理想衝突的情況，曾經想過放棄原有的想法，和大家走一樣的路。

可是，那還會是我嗎？

我不喜歡跟人家一樣，倒不是想要標新立異，而是希望確立「我」之所以存在的原因。在教學這條路上，開始時只能以曾經教過我的老師和打工經驗爲胚土，然後慢慢捏、慢慢塑形，但是擺脫不了成績束縛，常常令我心灰意冷。

拿不出成績就什麼都不是。

所幸學校當時有幾個退休老師樂意分享教學心得，他們有的幫忙社團教學，有的三不五時來「座談」，替我們加油打氣。

已經退休十幾年的許美惠老師，到現在還在幫忙創意書法社團，她經常對我們這些後輩晚生耳提面命：「該給學生的，一定要給。」有一年學校聘不到地理老師，請她重拾教鞭，一開學她就拎著新筆電到校。

「這是我這一整年的代課費。」她慎重地向大家介紹教具，即便年紀將屆七十，仍有著強烈的教學熱忱。

葉國勝老師也已經退休十幾年，每天仍七點半到學校指導管樂，學校管樂沒有他不可能有今天的規模。他是數學老師，會指導樂隊只是因爲對音樂有興趣，而他一做就是二十個寒暑。

他常說：「我只是來學校泡茶的。」

這個老習慣成爲他在樂隊停練時到校的藉口，我也習慣在八點左右喝上他沖泡的茶，他讓茶几成爲交流教學方法的場所，什麼討論都可以在這裡「喝上一杯」。

蔡瓊瑩老師總是帶著員林的手工蛋捲來，她是很好的「垃圾桶」，而且有話直說，常常一針見血。她以前是冷面判官，不苟言笑的個性讓學生退避三舍，但現在卻是很好的諮詢對象，而且她喜歡看書，常常送書替我們加油。

還有一位退休四年的學校幹事汪姐，持續到學校幫忙處理缺曠課、獎懲事宜，只要她來，我們就會加菜，有點心可吃。

我喜歡聽他們說以前帶學生的經驗，那讓我看到熱情，熱情這種感覺是需要互相傳遞的，這些退而不休的學校人員是很好的壁爐，會自動添加薪火，讓學校充滿溫暖；寒流來時，即便全身溼漉漉的，也有薑茶可以驅寒。

「以前最多有三十班哩！」美惠老師是這樣說的，那時我陪她在籃球場聊天，斑駁的校舍似乎也在聆聽她訴說，她用手指頭畫圖，盡可能地複製當年的風光，彷彿一切歷歷在目。

頓時我被拉到另一個次元，像走在一本正在印製的書裡，得小心翼翼才不會踩到鮮麗的油墨。我閱讀著這所國中，感受它的喜怒哀樂，那是一首我永遠也不會唱的歌，即使瞭解它的悸動，也無法哼出相同的曲調。

「噹！噹！噹！噹！」鐘聲響起。

「放學的鐘聲是唯一的依舊。」美惠老師呼出長長的嘆息。

雖然她形容的學校盛況，我來不及參與，但我可以讓自己的教學盛況在這裡上演一次，多年後讓自己也當個有故事的人。

我要自己也能從已逝的時光之中，找到燦爛的理由。

人師系列 001

孩子，我和你們同一國：一個偏鄉老師的真情筆記

作　者—楊傳峰
主　編—顏少鵬
責任編輯—麥淑儀
責任企畫—張育瑄
美術設計—張雅惠
董 事 長
總 經 理—趙政岷
總 編 輯—余宜芳
出 版 者—時報文化出版企業股份有限公司
10803臺北市和平西路三段二四〇號三樓
發行專線—（〇二）二三〇六—六八四二
讀者服務專線—〇八〇〇—二三一—七〇五
（〇二）二三〇四—七一〇三
讀者服務傳真—（〇二）二三〇四—六八五八
郵撥—一九三四四七二四時報文化出版公司
信箱—臺北郵政七九～九九信箱
時報悅讀網—http://www.readingtimes.com.tw
讀者服務信箱—newstudy@readingtimes.com.tw
第二編輯部臉書時報㊣之二—http://www.facebook.com/readingtimes.2
法律顧問—理律法律事務所　陳長文律師、李念祖律師
印　刷—勁達印刷有限公司
初版一刷—二〇一三年十一月二十二日
初版四刷—二〇一七年十月二日
定　價—新臺幣二八〇元
（缺頁或破損的書，請寄回更換）

時報文化出版公司成立於一九七五年，
並於一九九九年股票上櫃公開發行，於二〇〇八年脫離中時集團非屬旺中，
以「尊重智慧與創意的文化事業」為信念。

國家圖書館出版品預行編目資料

孩子，我和你們同一國 / 楊傳峰著 . -- 初版 . -- 臺北市：
時報文化 , 2013.11
面；　公分 --（人師系列；1-）--
ISBN 978-957-13-5861-1（平裝）

855　　　　102022740

ISBN 978-957-13-5861-1
Printed in Taiwan